ESCUELA DE MECANICA DE LA ARMA
Espaci
para la
Memo
y para la
Promoc
Defens
los Der
Human

Félix Bruzzone

76

Aus dem Spanischen
von Markus Jakob

BERENBERG

Haus am Strand

Nach dem Mittagessen, die Großmütter sind schon fast eingedöst, sagen wir, wir wollen eben noch schnell ein Eis holen, und laufen Richtung Kiosk, wo Ramiro das Heft gesehen hat, das wir unbedingt haben müssen, wie er meint. Nahuel will auch, sagt aber, sowas gäb's an jedem Kiosk, und ob wir's nicht lieber weiter weg versuchen sollten, wo man uns nicht kennt? Dass ich das Heft kaufen soll, darüber sind sich beide einig. Dem Mann am Kiosk sagst du, es ist für deinen Papa. Oder besser noch, dein Onkel hat dich geschickt, weil er es am Strand lesen will. Und dass er nicht selbst kommen kann, weil gerade die Sonne so schön scheint. Ein Onkel, könnte doch sein, sagt Nahuel. Und lacht: Er habe nämlich selbst einen Onkel, der solche Hefte stapelweise zu Hause hat, könnte glatt einen eigenen Kiosk aufmachen. Das findet auch Ramiro lustig. Kapiert, Kleiner? Für deinen Onkel, und stell dich ein bisschen doof, damit sie nicht misstrauisch werden. Und wenn, sagst du einfach, es sei wirklich für deinen Onkel, dann werden sie's schon rausrücken.

Das Einkaufszentrum ist klein und selbst um diese Tageszeit voller Leute. Warum gehen wir nicht woanders hin? Da – Nahuel zeigt zu den Dünen, dort, wo die Straße gleich eine Kurve macht. Ramiro rührt sich nicht, schaut sich bloß um und verscheucht eine Fliege, die um seine Nase brummt, eine grüne Fliege mit Stielaugen, die sich gleich danach auf dem roten Rücken eines Mannes niederlässt, der sich an der Sonne verbrannt hat. Verdammte Fliegen, sagt Ramiro, und zu mir: Siehst du die beiden da? Das ist der Kioskmensch mit seiner Verkäuferin. Frag die; von der kriegst du's bestimmt. Und schon holt er ein paar Münzen aus der Hosentasche, drückt sie mir in die Hand und stößt Nahuel an, komm schon, mach auch was locker, sonst reicht die Kohle nicht. Einen Moment lang scheint seine Stimme zu versagen – ist er vielleicht unsicher? Ein bisschen mulmig ist ihnen jedenfalls bestimmt, warum sonst kaufen sie das Heft nicht selbst? Jetzt funkeln sie mich schon wieder an, und Ramiro sagt, los, du Memme, und wenn du ohne eins zurückkommst, machen wir dich fertig.

Nicht dass ich glaube, sie würden mich wirklich fertigmachen. Aber wenn ich ihnen den Gefallen tue, lassen sie mich bestimmt wenigstens ein bisschen darin stöbern. Sie sind größer als ich, aber hineinschauen werden sie mich schon lassen. Außerdem kann man besser danach fragen, wenn viele Leute drumherum sind – Nahuel, dieser Hosenscheißer –, je mehr Leute da sind, desto weniger beachten sie dich, wie damals, als mir eine Welle mein Surfbrett wegriss, und ich schwamm und zappelte, um es wiederzukriegen, bis ich fast ertrunken wäre. Strand und Meer voller Leute, und keiner hat was gemerkt. Bis eine Frau den Bademeister alarmierte, aber als der endlich von seinem Ausguck heruntergeklettert war, hatte ich schon selbst das Ufer erreicht. Auf wen soll man sich schon verlassen, wenn nicht auf sich selbst?

Jetzt aber erstmal warten. In der Schlange vor mir steht eine junge Frau, an der Hand ihre kleine Tochter, die mir unabsichtlich auf die Füße tritt. Entschuldigung, sagt das Kind und schaut zu mir auf. So ein hübsches kleines Mädchen. Wie alt wohl? Bist du ihm auf die Füße getreten? fragt die Mama. Macht nichts, sage ich, und während die Frau eine Zeitung und einen Lolli kauft, sehe ich schon das Heft und übe im Stillen: Mein Onkel schickt mich für den Play... den Play..., für das Heft da; will er sich am Strand anschauen.

Draußen warten Ramiro und Nahuel, an einen Pfeiler gelehnt. Ramiro lässt mich nicht aus den Augen. Jetzt, sagen seine Lippen, bist du an der Reihe, und ich höre die Stimme der Verkäuferin: Was hättest du gern? Den Play... den Play... für meinen Onkel. Er schickt mich ... für diese Strandzeitschrift. Die Verkäuferin macht ein Gesicht, als hätte sie keine Ahnung, wovon ich spreche, und flüstert ihrem Chef ins Ohr. Der Mann schaut zu mir. Komm mal her, sagt er, und lässt mich hinter den Ladentisch kommen. Dort geht er vor mir in die Hocke und fragt: Was genau willst du? Den Play..., sage ich nochmals. Ich bin ein Idiot; so werden sie mir nicht mal einen Schokoriegel verkaufen. Mein Onkel schickt mich, wegen ... Und da mir kein weiteres Wort über die Lippen will, greift er aus einem Stapel Zeitschriften eine heraus, die ich nicht genau erkennen kann; rollt sie ein, steckt sie in eine Tüte und sagt, hier, nimm die, und während ich bezahle, sagt er noch: Die ist für dich, für dich allein, und pass schön auf, dass deine Kollegen da drüben nichts davon zu sehen kriegen.

*****

Auf dem Rückweg sagt keiner was. Ramiro und Nahuel haben mir das Heft schon weggenommen. Jetzt haben sie es eilig, und ich muss fast rennen, um Schritt zu halten. So leise wie möglich betreten wir das Haus – ob die Alten noch schlafen? –, schleichen die Treppe hoch und auf Zehenspitzen über den Bretterboden: Wenn er knarrt, wachen sie auf, und wenn sie aufwachen, sind wir geliefert. Dann endlich sitzen wir auf Ramiros Bett. Er sieht mich schweigend an, und ich versuche seinem Blick standzuhalten. Was kuckst du so blöd? sagt er. Du hast keinen Centavo beigesteuert, rückst du jetzt was raus? Sonst nämlich ... Darauf war ich natürlich gefasst. Aber jetzt fällt von hinten noch Nahuel ein: So isses nun mal. Nicht nur habe ich, sagt er, nichts bezahlt, sondern die beiden angeblich auch noch beim Mann am Kiosk verpetzt – das Heft sei für sie, habe ich ihm gesagt, oder sonstwas, ich wolle es bloß nicht zugeben. Nichts habe ich gesagt, ich schwöre es, bei meiner Mama, sage ich. Schrei nicht, sagt Ramiro, und schwör nicht auf was, was du nicht hast. So eine miese Sau, am liebsten würde ich ihm eine runterhauen. Oder besser noch, ihn beißen, dann könnten die beiden sich meinetwegen rächen, aber meinen Biss würde er noch lange spüren, und die Narbe bliebe ihm für immer. Außerdem hat er selbst keine Mama. Nahuel dagegen schon. Wenn ich denen mit so was käme, wäre mir eine Tracht Prügel sicher. Nicht gleich, der Lärm würde die Großmütter wecken, aber später am Strand, windelweich würden sie mich schlagen. Dabei war ich es schließlich, der das Heft gekauft hat, also sollen sie es mich auch anschauen lassen, wenigstens ein bisschen.

Ramiro zieht sein T-Shirt hoch, holt darunter die Tüte mit dem Heft hervor und reißt die Zellophanhülle auf, durch die noch immer kaum was zu erkennen ist. Auf dem Umschlag ein beinahe nacktes Mädchen, schwarz die Haare, die Lippen aufgeworfen, die Haut zart wie von Aprikosen, und ihre Augen heften sich auf dich. Vor vergoldeten Gitterstäben, schimmernd wie ihre Haut, räkelt sie sich inmitten zerwühlter silberglänzender Laken. Wer wohl das Bett so zerwühlt hat? Und ist sie wirklich gerade erst aufgewacht? Nein, sie schaut dich ja an, mit hellwachen Augen, groß wie in einem japanischen Comic. Was für Augen, was für Titten; gibt's noch mehr von ihr zu sehen? Ramiro streckt seinen Arm aus und hält mir das Heft vors Gesicht. Siehst du? Gefällt sie dir? Und indem er es wieder umdreht, fährt er fort: Schön, genug für heute, jetzt hau ab, Nahuel und ich sehen uns den Rest an.

*****

Tags darauf ist der Himmel bewölkt, und niemand hat Lust, an den Strand zu gehen. Meine Großmutter schlägt einen Ausflug in die Stadt vor, aber die von Ramiro sagt, ihr täten die Beine weh und sie bleibe lieber zu Hause. Spielen wir Karten, sagt sie, und erst will keiner, aber dann sind Ramiro und Nahuel doch dafür zu haben, und meine Großmutter und ich bleiben auf der Couch im Wohnzimmer sitzen und schauen zu, wie die Baumkronen im Wind schwanken. Nach einer Weile sagt sie: Warum gehen wir nicht hinaus? Dann sieht sie mich an und sagt nichts mehr, aber so, als stelle sie mir im Stillen weiter dieselbe Frage. Na gut, sage ich endlich, gehen wir, und sie meint noch, wir könnten uns ja was Leckeres kaufen, für vor dem Mittagessen.

Unterwegs fragt sie mich, weshalb ich gestern Nachmittag nach der Siesta nicht an den Strand gegangen sei. Du musst dich mit den Jungs anfreunden, sonst bleibst du für den Rest der Ferien allein. Ich sage nichts, aber sie lässt nicht locker. Ich versuche wegzuhören, aber das geht auch nicht. Plötzlich sagt sie, hör mal, mein Täubchen, es ist doch immer das Gleiche mit dir, und kommt auf die Nachbarn im Zelt zu sprechen: Mit denen könntest du dich doch wenigstens anfreunden. Dann sagt sie, wie viel Ramiro und ich gemein hätten und wie schade es sei, dass wir uns nicht besser vertrügen. Na klar, sage ich, mit dem könnte ich schon auskommen, aber sein Freund sei nun einmal Nahuel, den habe er schließlich eingeladen. Sei nicht so störrisch, sagt sie, und dann fängt sie wieder damit an, wie gut Ramiro und ich zueinander passten und welch ein Jammer es sei, dass wir uns wegen jeder Lappalie zankten. Schade, wiederholt sie und bleibt an einer Ecke stehen, von der aus man das Meer und die rote Fahne sehen kann, die Baden verboten bedeutet. Schau mal, im Jahr, als José Luis starb, haben wir das Haus dort gemietet, und sie deutet auf ein Haus mit einem niedrigen Dach, oder vielleicht sieht es auch nur niedrig aus, weil es ganz tief in der Kuhle liegt, wahrscheinlich erinnerst du dich gar nicht mehr, du warst ja damals noch ganz klein, von den Zimmern aus sah man aufs Meer. Dann redet sie über meinen Großvater. In dem Sommer habe er mich mit seinem Motorrad überallhin mitgenommen, mich auf seinen Schultern hinunter ans Meer getragen und mir immer wieder Waffeln zugesteckt, weißt du nicht mehr? Und ich antworte, meine einzige Erinnerung an Großvater José Luis sei, dass er mir einmal ein Eis gekauft habe, oder geröstete Mandeln, was Feines jedenfalls, ich fuhr auf dem Dreirad und er lief hinter mir oder neben mir, ich konnte ihn nicht sehen, aber er war da. Das wusste ich.

*****

Wir gehen zum Einkaufszentrum, wo ich das Heft gekauft habe. Meine Großmutter bleibt vor einem Schaufenster stehen. Nicht hier, Ma, lass uns weitergehen, es gibt bestimmt noch andere schöne Sachen, sage ich. Warte einen Moment, kauf dir doch was am Kiosk? Dann kannst du mir auch gleich Zigaretten mitbringen, na los, ich schaue mich inzwischen in dem Laden hier um, sieh mal, die schönen Lampen. Sie öffnet ihr Portemonnaie, nimmt einen Geldschein heraus, sagt: Parliament, nicht vergessen, und bevor mir eine Ausrede einfällt – ich muss mal, oder: ich hab einen Splitter im Fuß –, ist sie schon im Laden und spricht mit der Verkäuferin.

Ausgerechnet jetzt ist die Stadt halbleer. Warum treiben sich, wenn die Sonne scheint, die Leute in Massen hier herum, und bei schlechtem Wetter kommt kein Schwein? Vielleicht liegt's an der Tageszeit. In den Ferien machen die Leute alles immer genau umgekehrt. Ich wäre lieber zu Hause geblieben. Karten spielen ist gar nicht so langweilig, und vielleicht wäre Ramiros Großmutter einkaufen gegangen, oder hätte ihre Pflanzen gießen müssen, irgendwas, und dann hätten die Jungs das Heft hervorgeholt, um ihre Nasen reinzustecken, und hätten auch mich ein bisschen sehen lassen, oder wenigstens hätte ich rausgekriegt, wo sie es versteckt haben.

Der Chef vom Kiosk ist zum Glück nicht da. Die Verkäuferin steht auf einer Kiste und hängt Wasserpistolen und Surfbretter an einer Leine auf, die von einer Wand zur anderen gespannt ist. Einen von den Keksen da und eine Schachtel Parliament bitte, sage ich schnell, bevor sie merkt, dass ich der mit dem Heft bin. Du rauchst? fragt sie und lächelt. Und als ich sagen will, die Zigaretten seien für meine Großmutter, kriecht unter dem Ladentisch der Chef hervor und sagt Hallo! Wie geht's? Rauchen tun sie also auch, deine Freunde ... Wie soll ich darauf wieder eine Antwort finden. Schließlich sage ich: Naja, ich weiß nicht, die sind für meine Großmutter. Und das Heft gestern? War das auch für die Oma? Das war für den Onkel, wirft die Angestellte ein. Genau, für den Onkel, wiederholt der Chef, und die beiden sehen mich an, er lächelnd, sie mit verschränkten Armen, bis er sagt, machen Sie mal weiter, da unten sind noch ein paar von den Mini-Pistolen, und schauen Sie, wie Sie die Frisbees an dem Pandabären anbringen können, damit sie gut sichtbar sind. Dann sagt er, da nimm, eine Schachtel Parliament, für dich, nicht vergessen. Und die Kekse? frage ich. Genau, welche magst du? Die hier? Und richte den beiden von mir aus, wenn sie was wollen, sollen sie gefälligst den Mumm haben, selbst zu kommen, klar? Und wenn sie dich hauen, erzählst du's mir, dann unterhalte ich mich mal mit ihren Müttern, kein Problem für mich.

Schritt für Schritt weiche ich zurück, hinaus aus dem Laden. Ich könnte dem Chef erzählen, dass Ramiro keine Mama hat und ich auch nicht. Nahuel schon, aber seine ist in Buenos Aires, Ramiro hat ihn eingeladen; all das könnte ich ihm erklären, und dass er recht hat, was das Heftchen betrifft, nicht aber die Zigaretten, auf die meine Großmutter schon sehnlich wartet, und dass alle auf sie einreden, sie solle das Rauchen sein lassen, was sie aber überhört, obwohl mein

Großvater José Luis daran gestorben ist, und dass ich Rauchen widerlich finde, weil mir der Qualm weh tut; aber das wäre zu viel, der Chef vom Kiosk würde überhaupt nichts mehr verstehen. Außerdem, einem Unbekannten erzählen, dass man keine Mama hat, ist immer so eine Sache.

*****

Mittags fängt es an zu regnen, und Ramiros Großmutter, die immer noch kränkelt, zieht sich zu einem Schläfchen zurück, ohne den Nachtisch angerührt zu haben. Ich würde gern in den Salon mit den Videospielen gehen, aber die Straßen sind bestimmt matschig, und wir müssten die Stiefel anziehen. Wenn uns keiner im Auto hinbringt, können wir's vergessen. Ramiro und Nahuel machen gelangweilte Gesichter. Meine Großmutter sagt, die beiden könnten mal Geschirr spülen, gestern habt ihr überhaupt nichts geholfen, und im Übrigen müsse sie sich auch ein wenig hinlegen. Na gut, sagt Ramiro. Na gut, sagt Nahuel. Kaum ist sie verschwunden, bauen sie sich vor mir auf: Willst du vielleicht mehr von dem Heft sehen? Ich sage nichts, was sie als Ja auslegen. Gut, Kleiner, kannst du haben, aber dafür machst du den Abwasch.

Ich spüle, bis mich das kalt fließende Wasser ins Badezimmer treibt, zum Pinkeln. Beeil dich, sagt Ramiro von draußen, je länger du brauchst, desto weniger gibt's zu sehen, und er beginnt zu zählen: eins, zwei, drei ... Was rechnet er mir da vor? Hoffentlich wird er krank und muss den Rest der Ferien im Bett bleiben, dann kann er die Stunden zählen, bis er wieder aufstehen darf. Als ich aus dem Bad komme, beeile ich mich. Na los, sagt Nahuel, bisschen dalli. Dieser Schwachkopf, immer nachplappern, was Ramiro sagt, das ist das Einzige, was ihm einfällt. Ein richtiger Vollidiot. Also ändere ich meinen Plan. Lieber rumtrödeln, bis sie keine Lust mehr haben, auf mich zu warten, raufgehen und das Heft ohne mich anschauen. Genau, sollen sie mir gar nichts zeigen, mir doch egal. Ich lasse das Geschirr ungewaschen stehen, dann kriegen sie was zu hören. Und während sie sich von den Alten beschimpfen lassen müssen, hole ich es mir und versteck's: das ganze Heft für mich allein; hat doch der Mann am Kiosk auch gesagt, ganz für mich.

*****

Weil heute viel zu viel Wind ist, um in der Sonne zu liegen oder zu lesen, wollen die Alten lieber ein wenig den Strand entlangspazieren. Wir gehen, sagt meine Großmutter, du kannst bei den Jungs bleiben. Und schön brav sein, dann gehen wir nachher in die Eisdiele. Ramiros Großmutter geht es anscheinend wieder besser. Heute nach dem Frühstück hat sie uns einen Kartentrick gezeigt, jeder von uns wählte eine Karte, sie ließ sie im Stapel verschwinden, mischte neu und ließ dann wieder jeden eine ziehen, ohne hinzuschauen, und prompt hatten wir dieselben, die wir gezogen hatten. Sie war ganz begeistert. Jetzt streckt sie erstmal die Beine aus, bevor sie losgeht, lässt ihre Hüfte kreisen und sieht mich an: Sie hat das Gesicht eines Schutzengels, wie meine Großmutter, wenn auch nicht ganz so engelhaft.

Als sie gegangen sind, versuche ich, zu den Nachbarn im Zelt gegenüber zu schleichen, die sich gerade damit vergnügen, einander gegenseitig im Sand einzubuddeln. Aber da hat mich schon Ramiro am Hals gepackt und hält mich fest. Wo ist das Heft?, zischt er und schraubt mir mit der anderen Hand einen Arm auf den Rücken. Ich antworte nicht. Spuck's aus oder du frisst Sand, sagt Nahuel. Seit wann kann er sich in ganzen Sätzen ausdrücken? Hat er etwa reden gelernt? Was weiß ich, sage ich. Wenn ihr es vor euch selbst versteckt, wie soll ich da wissen, wo. Sie starren sich an. Nahuel zuckt die Schultern. Wofür hältst du uns eigentlich?, knurrt Ramiro. Sag uns, wo das

Heft ist oder du spuckst Sand für den Rest der Ferien. Ich sage kein Wort und denke, es wird anders kommen, denn mit der Sonne dürfte es ab heute vorbei sein, so dass wir sowieso nicht mehr an den Strand gehen; und ums Haus herum gibt es wenig Sand, da müssen sie sich schon was anderes einfallen lassen. Und auch wenn sich das Wetter bessern würde – bestimmt bleibt es die ganze Woche schlecht, und in einer Woche reisen wir ab –, ich käme gar nicht darauf, was auszuplaudern. Lieber schwindle ich ihnen was vor: In der Werkzeugkammer ist es, ganz hinten in der Ecke, sage ich. Nahuel steht der Argwohn ins Gesicht geschrieben. Bist du blöd?, sagt Ramiro. Du weißt doch, dass es da reinregnet. Und wenn das Heft nass wird? Komm mal schön mit, sagt er, und rammt meinen Arm noch ein bisschen weiter in meinen Rücken. Doch bei den Restaurants, wo es bergauf geht, lässt der Druck auf meinen Nacken nach, und auch Ramiros andere Hand lockert ihren Griff, so dass ich ihm entwischen kann, Hals über Kopf ans Ufer hinunterrenne und dort fast noch mehr außer Atem bin als damals bei der Geschichte mit dem Surfbrett. Erst ist es nur ein Kitzeln, dann spüre ich die Stiche in meiner Brust; ich sollte weiterlaufen, aber früher oder später holen sie mich ein. Ich muss ins Wasser, dann geben sie vielleicht auf, denn so weit wie ich haben sie keine Lust rauszuschwimmen, und ich kann zwischen den Wellen warten, bis die Alten zurückkommen.

*****

Die Tage vergehen und ich mag kaum aufstehen, um aufs Klo zu gehen. Hin und wieder hockt sich Ramiro auf sein Bett und starrt mich von schräg gegenüber an. Er sagt nichts, aber es ist, als wolle er mich um Vergebung bitten oder als rede er stundenlang mit sich selbst; bis er wieder aufsteht und davonschleicht. Nach einer Weile kommt er zurück, und das Spiel beginnt von neuem. Nahuel hingegen empfindet weder Reue noch sonst etwas – wäre es nach ihm gegangen, wäre ich wohl zwei Tage lang nicht mehr aus dem Wasser rausgekommen, draußen, wo man nicht mehr stehen kann, halb tot vor Kälte, und sie am Ufer, mit verschränkten Armen. Wie lange wohl? Zwei Stunden? Ich massierte mich mit verschrumpelten Fingern, um keinen Krampf zu bekommen, und bekam ihn doch, und natürlich versuchte ich, kein Meerwasser zu schlucken, und schluckte doch welches; und ich wüsste nicht, was schlimmer ist, das Schlucken oder der Salzgeschmack. Ich wollte nur eines, zurück ans Ufer, aber die Alten kamen und kamen nicht. Und nun hockt sich auch noch Nahuel, die Nervensäge, auf meinen Bettrand. Er sagt kein Wort, aber in Wirklichkeit wüsste er nur zu gern, wo das Heft ist. Seine Augen scheinen geradezu zu betteln: Komm schon, wenn du es uns sagst, lassen wir es dich anschauen. Und schließlich spricht er es sogar aus und bekommt dafür eine Kopfnuss von Ramiro: Halt die Klappe, hast du immer noch nicht kapiert, dass die Alten alles rauskriegen, wenn sie uns hören? Vielleicht wäre es wirklich besser, ihnen alles zu sagen. Schließlich musste ich das Heft in aller Eile zwischen den Holzscheiten für den Grill verstecken und kam nicht einmal dazu, was zu sehen, außer dem Umschlag mit dieser Schwarzhaarigen ... und wenn es wirklich regnet, wie sie im Fernsehen angekündigt haben, ist das ganze Ding futsch.

Bevor sie ins Bett geht, kommt meine Großmutter und will wieder wissen, warum ich so lange im Meer geblieben, warum ich überhaupt hineingegangen sei, wo sie mir doch tausendmal gesagt habe, wenn die gelbe Fahne aufgezogen werde, dürfe man nur unter Aufsicht baden. Dann verstummt sie, und aus ihrer Miene ist abzulesen, wie schlimm sie das alles findet; schließlich fragt sie: Die Jungs haben dich doch nicht etwa gezwungen, oder? Komm schon, mir kannst du sagen, was passiert ist. Nein, Ma, es ist nichts passiert. Darauf sie: Aber sie haben dich ausgelacht, haben gesehen, wie du gebibbert hast, und haben nur gelacht, sag mir doch, was los war. Und ich sage:

Ja, sie haben gelacht, es sah bestimmt lustig aus. Worauf sie wieder verstummt und nur murmelt, schlimm, schlimm ist das, und mir offensichtlich kein Wort glaubt.

*****

Es regnet. Ich horche auf das Klopfen auf dem Dach und das Rauschen in den Baumwipfeln; außerdem kann ich hören, wie sie unten Karten spielen. Hin und wieder mache ich den Fernseher an, aber das schlechte Wetter stört den Empfang, wer weiß, ob es nicht sogar die Antenne weggerissen hat, auf dem Bildschirm erkennt man nicht viel mehr als bunte Streifen, und hören kann man überhaupt nichts. Als meine Großmutter mit dem Essen heraufkommt, nimmt sie meine Temperatur und sagt, morgen werde es mir besser gehen. Bis ich wieder ganz gesund sei, werde ich aber im Bett bleiben müssen. Dann gibt sie mir einen Kuss auf die Stirn und geht wieder hinunter. Auch Ramiro kommt herauf, warum weiß ich nicht, wahrscheinlich beim Spiel ausgeschieden, und setzt sich neben mich. Scheußlicher Tag heute, fängt er an, die Straßen total matschig, solange es regnet, kann man nicht vor die Tür. Als säßen wir hier gefangen, aber immerhin könne er mir erzählen, was inzwischen gelaufen sei. Gestern seien sie in der Spielhalle gewesen und Autorennen auf dieser Videokonsole gefahren, Nahuel habe gewonnen; aber beim nächsten Mal werde er gewinnen, denn inzwischen habe er rausgekriegt, wie er die Kurve nehmen müsse, in der es ihn immer überschlug. Einfach Gas wegnehmen und das Lenkrad ganz herumreißen, sagt er, und nicht zu stark bremsen, sonst verliert man nachher beim Beschleunigen zu viel Zeit; besser, das Bremspedal mehrmals kurz antippen und sofort wieder loslassen, pumpen, verstehst du?, so quasselt er fast volle fünf Minuten vor sich hin. Mir ist egal, was er erzählt, und nach einer Weile tu ich so, als ob ich schlafe, scheint er aber nicht zu merken, oder doch, aber das ist ihm dann egal, weil er wohl meint, wenn er mit mir redet und ich ihn reden lasse, dann hätte ich ihm verziehen, habe ich aber nicht, soll er doch weiter vor sich hin reden.

*****

Ramiro wird nicht mehr aufkreuzen. Er hat kapiert, dass bei mir nichts mehr zu holen ist. Ich habe ihn aus meinem Leben gestrichen. Wenn wir abreisen, sage ich vielleicht, ich hätte ihm verziehen, oder eines Tages würde ich ihm verzeihen, aber Nahuel: nie und nimmer, und Ramiro vorläufig auch nicht. Und dann, kurz bevor wir abfahren – der Kofferraum steht schon offen, die Taschen so gut wie gepackt, die Alten schauen, ob wir was vergessen haben –, hole ich das Heft. Es dürfte ein bisschen nass geworden sein, aber egal: Hauptsache, die beiden sehen, dass ich es am Ende behalten habe. Außerdem, ein bisschen was wird schon noch zu sehen sein. Es hat zwar geregnet, aber auch wieder nicht so schlimm. Wie viel wohl zwischen die Holzscheite gesickert ist? Bestimmt nicht allzu viel, außerdem ist der Umschlag wie aus Plastik.

Ramiro hat sich wieder auf sein Bett gesetzt und redet drauflos, die Nervensäge – wer ihn wohl geschickt hat? Bestimmt seine Großmutter. Wahrscheinlich weiß sie über alles Bescheid, genauso wie meine; sind ja nicht umsonst so alt. Nahuel können sie nicht viel anhaben, der ist Gast hier, aber Ramiro muss sich auf einiges gefasst machen. Vielleicht müssen sie auch beide den Kopf hinhalten, vor allem natürlich Ramiro, der arme Ramiro; die beiden können mich mal.

Diesmal kommt er gleich zur Sache und bittet mich um Verzeihung, gleich mehrfach. Am Anfang zähle ich noch mit, wie oft ich ihm verzeihen soll, aber während es weiter regnet und er weiter redet, fällt mir ein, wir könnten uns sozusagen vertraglich einigen. Schließen wir einen Vertrag, sage ich, und weil er mich offenbar nicht verstanden hat und weiterredet, wiederhole ich, diesmal etwas lauter: Lass uns einen Vertrag schließen. Er schweigt. Zwischen dir und mir, Nahuel ist mir egal. Ramiro steht auf und setzt sich zu mir auf den Bettrand. Wenn du willst, verzeihe ich dir, sage ich, und wenn du willst, sage ich dir auch, wo das Heft ist. Ramiro verschränkt die Arme. Wenn er nervös ist, verschränkt er immer die Arme und schaut zur Seite. Es fällt mir auf, weil ich den gleichen Tick habe. Vielleicht ähneln wir uns darin – Jungs, die keine Mutter haben. Als mir meine Großmutter die Sache mit Mama erzählte, und wie eng befreundet sie mit Ramiros Mutter war, und wie schwierig es sei herauszufinden, was damals wirklich geschah mit den beiden, und dass man es trotzdem irgendwann herausfinden müsse, Zeit dafür hätte ich ja mehr als genug, eigentlich mein ganzes Leben, da spürte ich, wie mir die Nerven zu flattern begannen, denn das ganze Leben, das kann ziemlich lange dauern. Und jetzt sitzt hier Ramiro, immer noch mit verschränkten Armen, nervös, und es ist, als wolle er wiederholen, was er schon damals sagte, als wir über unsere Mütter sprachen: Halt die Klappe, Kleiner, meine Mama ist bei einem Unfall gestorben, und deine, was weiß ich. Also sage ich eine Zeitlang nichts. Er kratzt sich am Bein, reibt seinen Arm, und schließlich sage ich, in dem Vertrag steht nur, dass ich dir sage, wo das Heft ist, und dafür lässt du es mich auch anschauen, ich habe zwar nichts bezahlt, aber ein bisschen gehört es mir trotzdem, du weißt schon warum ... Ja, sagt er, ist gut. Und so wie er es sagt, möchte man ihm fast glauben, bleich wie er ist, selbst sein weißes T-Shirt hat mehr Farbe als sein Gesicht. Egal, ich gebe ihm eine Minute. Wenn du länger brauchst, erzähle ich alles meiner Großmutter, und das war's dann mit dem Heft, sage ich und zeige auf den Wecker neben dem Bett; ich fang schon mal an zu zählen, überleg nicht zu lang.

*****

Auf dem Umschlag ist kaum noch was zu erkennen: nur die Augen, die schwarzen Haare und ein Stück Busen. Das Haar ist nicht mehr zerzaust, sondern glatt, wie frisch gewaschen, ein wenig wie Mamas Frisur auf den Fotos, die wir zu Hause aufbewahren. Auch die Innenseiten sind verwaschen, verschmiert, teils verklebt, man sieht nur Teile von nackten Körpern, ohne Gesicht, ohne Beine.

Ramiro blättert und beschreibt, was da vorher zu sehen war, bis wir auf eine ganz bunte Seite mit vielen Zeichnungen stoßen. Das war ein Comic, sagt er, siehst du's? Auf einigen der Zeichnungen kann man sogar noch halbwegs was erkennen. Er steckt seine Nase in das, was vom Heft übriggeblieben ist, und redet weiter: Nahuel sagt, damit dich die Weiber auf den Zeichnungen scharf machen, musst du dir vorstellen, es seien dieselben wie auf den Fotos. Und dann erzählt er wirklich mal was: Da trifft eine Tusse auf der Straße einen Typen. Es ist Nacht, es regnet, sie fragt ihn nach einer Adresse und der Typ sagt ihr, der Weg sei der und der, und bietet ihr an, sie zu begleiten, weil er auch gerade in die Richtung müsse, und am Ende stellt sich heraus, dass sie dasselbe Haus ansteuern. Als sie davor stehen, geht das Licht nicht an, und um reinzukommen, muss er die Tür aufbrechen. Unterwegs hat sie ihn sich angeschaut und gedacht, so kleine Denkblasen, ganz schön kräftige Arme, und diese Augen! Auch er hat sie sich näher angesehen und gedacht, das Kleid steht ihr gut, wohlverpackte Brüste, solche Sachen. Als die Tür aufspringt, geht auch das Licht wieder an, und für beide ist es wie ein Signal. Sie will eigentlich gleich wieder gehen und bei der Freundin klingeln, die sie besuchen wollte, aber er hält schon die Tür auf und fragt, in welchen Stock sie will, und sie fahren zusammen nach oben. Dann geht plötzlich das Licht wieder aus, und der Fahrstuhl bleibt zwischen zwei Stockwerken stecken. Beim Hochfahren hatten sie sich angestarrt, und da sie schon mal feststecken, macht er sich an sie ran; keine Angst, sagt er und küsst sie, fängt an sie zu streicheln, zuerst die Schultern, dann geht er ihr an die Wäsche. Und so langsam ziehen sie sich aus, und dann passiert's, im Fahrstuhl, soll ich dir noch mehr erzählen?

Ramiro schaut mich an, gefällt dir, was?, und als er auf die Laken blickt, sagt er: sieh mal an, den Steifen, den du gekriegt hast, Kleiner. Ein bisschen peinlich ist mir das schon, aber dann sagt Ramiro, ihm auch ein bisschen, aber hier, und zieht seine Hose runter, und da steht sein Ding: riesig, hart, ein bisschen verbogen. Meiner verbiegt sich nie, wird mein Schwanz etwa auch so krumm, wenn ich älter bin? Und dann fasst er sich an, nimm ihn in die Hand, komm schon, hast du dir noch nie einen runtergeholt? Nein, wenn ich ehrlich bin; obwohl ich, wenn ich auf dem Sportplatz die Stangen hochkletterte, schon oft einen stehen hatte und mir dabei, soviel ich weiß, praktisch einen runterholte. Also gut, hier, sagt Ramiro, mit der einen Hand schüttelst du den Schwanz und mit der anderen blätterst du ein bisschen im Heft, bis du ein halbwegs gut erhaltenes Foto findest. Ist das die Schwarzhaarige vom Umschlag?, frage ich. Na klar, sagt er, und meiner wird so hart, dass ich die Laken etwas verschieben muss. So musst du dich anfassen, sagt er und zeigt mir, wie ich die Hand bewegen soll. Meiner ist ganz klein, sage ich. Dann mach's mit den Fingern, Kleiner, so, am besten hier, sagt er und zeigt mir eine Stelle an der Spitze, die man bei ihm gut sieht, die bei mir jedoch kaum zu erkennen ist. Dann blättert er weiter bis zur Seite mit dem Foto der Schwarzhaarigen, das nicht so toll ist wie das andere, aber ein bisschen was ist auch zu sehen. Siehst du?, sagt er, und jetzt stell sie dir in dieser Stellung vor, auf allen vieren, aber im Aufzug, mit dem Typen, Wahnsinn, oder? Das verstehe ich alles und sage ja, ja, aber es kommt der Moment, wo ich überhaupt kein Heft noch sonst irgendwas brauche, ich schließe die Augen und ein Überschallzug rast durch meinen Kopf und löscht alles aus, und als ich die Augen wieder aufmache, sagt Ramiro, mit bekleckerten Hosen und verzerrtem Gesicht, pass auf, pass auf, da kommt Nahuel.

*****

Zwei Tage später reisen wir ab, aber vorher muss das Haus wieder so hergerichtet werden, wie wir es übernommen haben. Gestern hat meine Großmutter gesagt, nun seien die Ferien vorbei, und heute hat sie es mindestens zweimal wiederholt. Ramiros Großmutter legt noch mehr Wert darauf: Alles muss fein säuberlich aufgeräumt werden, sagt sie, bald werde ja die nächste Familie eintreffen. Und ich, immer noch nicht ganz gesund, packe wenigstens meine Tasche.

Ramiro und Nahuel reden kein Wort miteinander, auch nicht mit mir. Wenn ich Nahuel über den Weg laufe, sieht er mich hasserfüllt an, und ich mache ein Gesicht, als sei mir alles egal; eine Grimasse, die ich in den letzten Tagen vor dem Badezimmerspiegel geübt habe. Würde Ramiro irgendwas sagen, hätte ich nichts dagegen, aber er redet nur noch mit seiner Großmutter und manchmal mit meiner: Sie sagen, was zu tun ist, und er tut es.

Mittags sind wir fast so weit, und zum Glück kommt auch die Sonne wieder durch: Bei Regen fahren die Alten nicht so gern. Geh doch schon mal zum Auto, sagt meine Großmutter, und als ich, die Tasche über der Schulter, die Treppe hinuntergehe, kommt Ramiro und sagt, hier, Kleiner, das Heft, kannst du behalten. Bringt doch sowieso nichts mehr, entgegne ich. Er lacht: Bist du sicher? Und während er es in meine Tasche stopft, sagt er noch: Pass schön auf.

Ich gehe hinunter zum Auto, lege die Tasche in den Kofferraum und setze mich auf den Rücksitz. Ich überlege, was ich mit dem Heft noch anfangen könnte. Zum Beispiel an irgendeinen Kiosk gehen, es dem Chef zeigen und nochmal um die gleiche Ausgabe bitten. Ob ich dafür den Mumm hätte, weiß ich allerdings nicht. Oder ich könnte unseren Hausmeister bitten, er solle mir noch so ein Heft kaufen, mit dem kann ich gut. Aber vielleicht würde der Typ doch petzen, also lieber nicht. Außerdem, wer weiß, vielleicht ertappt mich jemand zu

Hause. Das sind so meine Gedanken, und weil ich mich nicht entscheiden kann, mache ich den Kofferraum wieder auf, hole das Heft heraus und lege es unten, zwischen den Rädern, in eine Bodenwelle, wo es wegen der vielen Piniennadeln fast nicht zu sehen ist. Wenn das Auto losfährt, wird es ein für alle Mal zerstört.

Jetzt sind wir startbereit. Meine Großmutter sitzt am Steuer und drückt das Gaspedal durch, damit der Motor warmläuft. Es ist ein wenig kühl und das Auto lauter als sonst. Ich habe meine Zigaretten vergessen, sagt meine Großmutter, bin gleich zurück. Während wir warten, sagt Ramiros Großmutter, in der Stadt müssten wir sofort wer weiß welche Leute besuchen, die ein Kind bekommen hätten. Von mir aus, sagt Ramiro. Dann knufft er Nahuel und flüstert: Hol dir einen runter. Hol dir doch selber einen runter, flüstert Nahuel zurück. Jungs ... In diesem Moment kommt meine Großmutter zurück, setzt sich ans Lenkrad, wirft einen Blick in den Rückspiegel und gibt mir ein Zeichen, ich solle mich in die Mitte setzen. Mach schon, sagt sie, am Fenster erkältest du dich wieder. Ich klettere über Ramiros Beine und mach's mir zwischen den beiden bequem. Also los, sagt meine Großmutter; und nicht die Fenster zu weit aufmachen, verstanden? Sie legt den Rückwärtsgang ein, und während das Auto durch den Morast und das feuchte Laub rollt, versuche ich, durch den Lärm das Rascheln des Hefts zu hören. Man hört aber nichts. Dann sind wir auch schon auf der Straße, und Ramiro steigt kurz aus, um das Garagentor zu schließen. Ich behalte ihn im Auge: Hat er das Heft gesehen? Will er es gar wiederholen? Aber nein. Er hockt schon wieder auf dem Rücksitz, schaut zum Fenster hinaus und tätschelt mir gutmütig die Schenkel.

Unimog

Als Mota von der Regierung die Anleihen zur Abfindung für das Verschwinden seines Vaters erhalten hatte, beschloss er, sie sofort zu verkaufen und das Geld in einen Lastwagen zu stecken. Er hatte schon länger überlegt, wie sich sein Geschäft, ein Lieferservice für Reinigungsmittel, erweitern ließe, und kalkuliert, er könne mit einem größeren Transporter als dem alten F-100 zwei, wenn nicht drei volle Kübel transportieren und so auch in weiter entfernten Stadtteilen neue Kunden gewinnen.

– Warum das ganze Geld für einen Laster ausgeben?, fragte Vicky. Wollen wir nicht zuerst unser Haus fertig bauen?

Stimmt, überlegte er. Aber er fand auch, mit dem neuen Laster ließen sich neue Geldquellen erschließen, und schlug die Worte seiner Frau in den Wind. Außerdem war er der Meinung, dass sich Frauen – und solche wie Vicky sowieso – immer an irgendwelche Details klammerten, für die konnte ein Haus nie fertig werden.

Also ging er eines Morgens, als graue Wolken die Sonne bald freigaben, bald den Himmel verdunkelten und einige Tropfen auf die Stadt fallen ließen, nur um wieder weiterzuziehen, aus dem Haus, um zu sehen, wo es gute, billige Lastautos zu kaufen gab. Man hatte ihm ein paar Händler an der Ruta 8 genannt, auch an der 197 und an der 202 Richtung Bancalari, bei der Westauffahrt. Doch erst in einem Lager bei Ramos Mejía fand er, was ihm in etwa vorgeschwebt hatte. Ein Mann namens Saba führte das Geschäft. Mehrere fast fabrikneue Lkws standen dicht an dicht neben älteren, aber trotzdem noch ganz flott wirkenden Fahrzeugen. Wie hatten sie es bloß geschafft, so viele Laster in den Schuppen zu bekommen? Saba führte Mota durch die engstehenden Fahrzeugkolonnen und hatte für jedes Vehikel ein besonderes Wort. Der da ist ein Schiff, und außerdem fliegt er. Verbraucht fast nichts, du spuckst ein bisschen Diesel in den Tank und kommst bis Brasilien. Den kannst du einen Abhang runterfallen lassen und nachher fährst du seelenruhig weiter. Der ist leichter gebaut, aber trotzdem nicht totzukriegen; wenn's drauf ankommt, kannst du damit eine Skipiste hinunterrasen. Während sie die Runde machten, klopfte Saba auf die Karosserie jedes dieser Wundervehikel, manchmal mit der flachen Hand, manchmal mit den Knöcheln, als wolle er zeigen, was sie alles aushielten. Vielleicht mochte er auch bloß die Berührung mit dem Blech und die Geräusche, die er damit den Lastern entlockte.

Aber so viel wollte Mota nicht ausgeben, und als der Händler merkte, wie bei seinem Kunden das Interesse nachließ, führte er ihn in einen kleineren, rückseitig anschließenden Raum, wo die Lkws, so schien es Mota, in ihre Bestandteile zerlegt wurden. Er stolperte zwischen Kurbelwellen und Karosserieteilen umher, bis Saba ein weiteres Tor öffnete und auf das einzige dort stehende Vehikel wies:

– Den habe ich noch niemandem gezeigt! sagte er. Und ich gebe ihn praktisch geschenkt her.

Mota war einen Moment wie gelähmt. Dann sagte er:

– Ein ... ein Unimog.

– Ja, den flickst du mit einem Schraubenzieher und einem Engländer, warum glaubst du, dass die Armee sie benutzt? Einfach nicht totzukriegen: Der hier war im Krieg, auf den Malvinas*, und kam genau so zurück, wie er hier steht. Ein Prachtexemplar.

Mota inspizierte den Lastwagen eingehend. Dann stieg er in die Fahrerkabine, kletterte auch auf die Ladepritsche und sprang wieder herunter. Saba redete ununterbrochen weiter:

Alle da drin haben überlebt, eine Zauberkarosse. Ringsherum hagelte es Granaten, aber nicht eine hat ihn getroffen. Nur da hat's ihn erwischt, siehst du? Das kleine Loch da, wahrscheinlich von irgendeiner verirrten Kugel, sonst hat er nichts abgekriegt.

Der Verkäufer redete, und Mota dachte an seinen Vater, der zur Zeit seiner Wehrpflicht Mitglied bei den *Decididos de Córdoba*, den »Entschlossenen von Córdoba« war, einer Einheit des ERP*. Er war beim Überfall auf das Arsenal des Fernmeldebataillons 141 dabei gewesen. Mit seinen Genossen hatte er Maschinengewehre, eine Luftabwehrkanone und reichlich Munition erbeutet – und einen Unimog, in dem sie mit ihrer Beute flohen.

Mota fragte:

– Und vor den Malvinas? Wissen Sie noch mehr über den Wagen?

Saba zuckte mit den Schultern.

– Ein Prachtexemplar, wiederholte er.

Aber bevor er weitere fabelhafte Eigenschaften aufzählen konnte, hatte Mota schon gesagt:

– Ich glaub, ich nehm ihn.

*****

Vicky betrachtete den Unimog von Anfang an mit Argwohn. In den ersten Wochen allerdings lief er tadellos. Mota behob, wie Saba vorausgesagt hatte, die eine oder andere Macke mit ein paar Handgriffen und dem einfachsten Werkzeug. Auch die Lieferaufträge nahmen zu. Erst im zweiten Monat häuften sich die Probleme. Erst überhitzte sich der Motor, und die Zylinderköpfe mussten geschliffen, der Kühler gereinigt und die Schläuche ausgewechselt werden. Dann brach ein Stoßdämpfer, den Mota nebst einem Teil der vorderen Aufhängung ersetzen musste. Und es kam noch ärger: Probleme mit der Kardanwelle, dann wieder mit dem Getriebe und dem Kühler, den

Mota zum Glück auswechselte, bevor sich der Motor wieder überhitzte. Dann, während einer dieser Reparaturen, die kein Ende zu nehmen schienen, sagte einer der Mechaniker, die Einspritzpumpe werde es nicht mehr lange machen.

– Das Herz, sagte der Mann, das Herz dieses Motors verlangt nach Hilfe.

Da begann Mota zu ahnen, dass der Laster, wie viel man auch an ihm herumflickte, immer wieder liegenbleiben würde, als hätte sich der Zauber, von dem Saba gesprochen hatte und der den Unimog vor den Bomben bewahrt hatte, in einen Fluch verwandelt, der alles in die Brüche gehen ließ. Als bitte der Unimog darum, nach seinen Malvinas-Abenteuern endlich auf immer ruhen zu dürfen.

Mehrere Tage wälzte Mota diese Gedanken. Wenn Vicky das Thema anschnitt, stellte er sich taub, aber sie merkte, wie die Sache an ihm nagte: Er wird schon noch kommen und mich fragen, sagte sie sich und wartete still, dass er ihr am Ende Recht gab.

Mota war inzwischen wieder von dem Gedanken besessen, der Laster müsse etwas mit seinem Vater zu tun haben. Alles, was er über dessen Verschwinden herausgefunden hatte, wies auf die eine oder andere Weise nach Córdoba. Sie hatten ihm vom ERP erzählt, von der Gruppe, vom Sturm auf das Waffenlager, vom Leben im Untergrund und von der Straßenkreuzung, an der sie geschnappt und verschleppt worden waren. Als junger Mann war Mota diesen Spuren nachgegangen und hatte dabei Leute getroffen, mit denen man reden konnte, und andere, mit denen nicht. Er hatte freundliche Menschen kennengelernt, Leute, die sich nach den alten Zeiten zurücksehnten, Fabulierer; der eine oder andere hatte ihm geraten, nach Córdoba zu fahren, um mit eigenen Augen zu sehen, wo sein Vater untergetaucht war, und sich zeigen zu lassen, wohin sie ihn wahrscheinlich verschleppt hatten. Trotzdem war er nie gefahren, obwohl er es sich immer wieder vorgenommen hatte. Selbst Vicky, der das alles fremd war, hoffte insgeheim, er werde eines Tages diese Nachforschungen zu Ende bringen, sehen, was er sehen musste, um aus seinem Gedächtnis zu löschen, was zu löschen war.

Eines Abends sagte Mota:

– Ich fahr nach Córdoba.

Vicky sagte nichts.

Er versuchte, es ihr zu erklären: Weil sein Vater einen Unimog gefahren habe, sei der, den er gekauft habe, in gewisser Weise der, den sein Vater gesteuert habe. Die Dämonen, die in diesem Laster hausten, müssten heraus; ihm würde es sehr helfen, wenn er nach Córdoba und dort durch dieselben Straßen fuhr, durch die aller Wahrscheinlichkeit nach auch sein Vater am Steuer eines solchen Fahrzeugs gefahren sei.

Vicky umarmte ihn, ohne irgendetwas zu verstehen.

– Aber unser Haus, sagte sie, was wird aus unserem Haus?

Mota schob sie weg und versprach, wenn er zurück sei, werde alles so werden, wie sie es sich wünsche.

– Das sagst du immer, sagte Vicky.

– Du sagst auch immer dasselbe.

Abends, schon im Bett, machten sie den Fernseher an, ohne richtig hinzuschauen. Während auf dem Bildschirm ein jüngst verstorbener Komiker seine letzten Witze riss, dachte Vicky an das Haus, Mota an den Laster. Das verwunschene Haus und der verdammte Laster. Hätten sie miteinander geredet, um herauszufinden, was wichtiger sei, sie wären sich bestimmt nicht einig geworden.

*****

Mota fuhr fast die ganze Nacht hindurch; irgendwann hielt er bei einer Tankstelle, um Diesel nachzufüllen. Er setzte sich einen Moment hinein, um einen Kaffee zu trinken.

– Ist das Ihr Unimog? fragte ihn ein Mann mit grüner Jacke, der so fett war, dass er sich kaum zwischen den Tischen hindurchzwängen konnte.

– Ich fahr ihn gleich weg, sagte Mota, der erst in Ruhe seinen Kaffee austrinken wollte.

Der Mann streckte ihm einen seiner enormen Arme entgegen:

– Nein, nein, ich frage nicht deshalb, sondern weil ich selber mal so einen gefahren bin. Ich ...

– Sind Sie in der Armee?

– Nicht mehr, sagte der Dicke, seit den Malvinas – und er zeigte eine Hand, an der zwei Finger fehlten. Immerhin, eine Medaille haben sie mir gegeben. Wahnsinn, diese Laster, stimmt's?

Mota nickte, worauf sich der Mann umstandslos an seinen Tisch setzte und anfing zu erzählen. Reiner Wahnsinn, diese Laster, sagte er immer wieder, ein Wunder der Ingenieurskunst; nicht totzukriegen. Dann sagte er freilich noch, so leicht seien sie auch wieder nicht zu handhaben, sie hätten schon ihre Geheimnisse. Worauf Mota bemerkte:

– Mein Unimog war auf den Malvinas.

– Wie kommen Sie darauf?

– Der ihn mir verkauft hat, hat mir's erzählt, er hat gesagt ...

– Eher unwahrscheinlich, sagte der Dicke, aber wenn er's Ihnen erzählt hat ... Ich sage bloß, was sie damals auf die Malvinas gebracht haben, ist dort geblieben; nichts und niemand ist von diesen Inseln je zurückgekehrt. Sehen Sie mich an, ich bin Lastwagenfahrer, haben Sie meine Karre gesehen? Seien Sie froh, der reine Schrotthaufen.

Der Dicke redete weiter, und Mota begann sich zu fragen, ob sein Unimog nicht vielleicht schon auf den Malvinas das Zeitliche gesegnet habe. Möglich war's. Von den Granaten, hatte Saba gesagt, war er verschont geblieben. Aber was hatte dieses Loch zu bedeuten, dieser Einschuss in der Karosserie, den eine Kugel hinterlassen hatte? Erst als der Dicke wieder anfing, der reine Wahnsinn, diese Unimogs, das sind noch echte Laster, kam Mota das sichere Gefühl, genau so einer könnte auch seiner sein; und Córdoba war nur noch einen Katzensprung entfernt, er musste sich ein letztes Mal aufraffen, um endlich an sein Ziel zu kommen. In dieser Gewissheit fuhr er wieder los, hinaus auf die Fernstraße, zurück in sein Abenteuer und zum Bild seines Vaters, das nun vor ihm stand wie ein großes Glas Bonbons.

*****

Im Morgengrauen, bis Villa María waren es keine hundert Kilometer mehr, zogen im Osten große, dunkle Wolken auf. Mota sah sie im Rückspiegel: Sie rückten bedrohlich näher, ein gewaltiger Wolkenbruch kündigte sich an. Die sind schneller als ich, fuhr es ihm durch den Kopf, und er drückte das Gaspedal durch. Er dachte aber auch: Dieser Laster schafft es. Wenn er es bis hierher geschafft hat, lässt er mich jetzt auch nicht im Stich.

Aber er ließ ihn im Stich. Zunächst hatte der Unimog brav mitgemacht, als Mota Gas gegeben hatte. Die Wolken bewegten sich nicht mehr, schienen sogar zurückzubleiben. Dann aber heulte der Motor auf einmal wie eine Flugzeugturbine auf, und kurz darauf gab er den Geist auf; Mota musste anhalten, um nachzusehen. Hoffentlich nichts Schlimmes, dachte er.

Gebrochen war nichts, jedes Schräubchen schien an seinem Platz: Soviel er von Motoren verstand, war alles in Ordnung. Doch als er wieder zu starten versuchte, war ein Kreischen wie von einem verrosteten Scharnier zu hören und ein Geräusch wie von einer Tür, die der Wind zuschlägt. Erstarrt, minutenlang, lauschte Mota dem Lärm, bis jemand herantrat und fragte, ob er Hilfe brauche.

– Nein danke, sagte er, ohne zu bemerken, dass es der Dicke von der Tankstelle war.

– He! Kennen Sie mich nicht mehr? sagte der Dicke. Wer mich einmal gesehen hat, erkennt mich normalerweise wieder.

– Entschuldigung, sagte Mota, aber dieser Laster hat manchmal so seine ...

Der Dicke steckte seinen Kopf unter die Motorhaube, betätigte den Anlasser – dasselbe schrille Geräusch – und sprach sein Verdikt:

– Ein Jammer. Einspritzpumpe, würde ich sagen, und mit dem Anlasser stimmt auch was nicht. Muss abgeschleppt werden.

Während der Dicke in allen Einzelheiten beschrieb, was seiner Meinung nach alles repariert werden musste, fielen Mota die Worte des Mechanikers wieder ein: »Die Einspritzpumpe, das Herz des Motors ...«; und auch Vicky: »Das Haus fertig bauen, das sagst du immer, das Haus, immer dasselbe ...«; und schließlich Saba: »Schraubenzieher, Engländer ...«. Ja, mit einem Schraubenzieher und einem Engländer lässt sich die ganze Karre auseinandernehmen – zwei, drei Werkzeuge, und schon hat man jedes einzelne Teilchen vor sich, um herauszukriegen, was genau da drin vorgeht. So fühlte sich Mota, als er sich vor dem Dicken aufpflanzte und sagte, er brauche ihn nicht mehr, er werde schon selbst zurechtkommen. Und als der andere immer noch nicht locker ließ und sich weiterhin anerbot, behilflich zu sein, den Abschleppdienst zu rufen, einen erstklassigen Mechaniker aufzutreiben, sagte Mota nur:

– Jetzt gehen Sie schon, ich brauche Sie nicht, lassen Sie mich in Ruhe.

– Blödmann, brummte der Dicke vor sich hin.

– Wie bitte?

– Sie haben richtig gehört, Blödmann.

Mota dachte an eine Kuh. Er schlüpfte aus dieser Kuh, ein frisch geborenes Kalb, ein junger Ochse, den die Kuh auf der Weide deponiert hatte, und er, blutverschmiert, atmete den Morgendunst ein, und ein violetter Faden, halb Blut, halb Plazenta, baumelte von seiner Schnauze. Die Augen taten ihm weh, dann sprang er den Dicken an. Packte ihn am Hals und versuchte ihn umzureißen, aber der Dicke warf ihn mit einem Schlag von sich.

– He, was soll der Quatsch?

Mota nahm wieder Anlauf. Jetzt stand er direkt vor ihm und trommelte mit den Fäusten auf den enormen, schwabbeligen Leib ein. Der Dicke machte nicht viel Federlesen, packte ihn am Kragen, hob ihn etwas in die Höhe und ließ ihn rücklings auf den Asphalt plumpsen. Nach Luft schnappend, blickte Mota aus der ungewohnten Perspektive zu ihm auf und spürte schmerzhaft, dass sein Kopf auf einen Stein geprallt war. Er konnte nicht gleich aufstehen. Es war kalt. Er streckte seinen Zeigefinger gegen seinen Widersacher aus, um ihm zu drohen. Der Dicke grinste.

Als Mota sich hochgerappelt hatte, war er verschwunden. Mota hörte das Geratter eines startenden Lastwagens, eine Auspuffwolke wehte ihm entgegen, er sah die sich entfernenden Rücklichter. Gleich darauf hörte er die ersten Donnerschläge.

Wieder allein. Er klappte nochmals die Motorhaube auf, nur um sie gleich wieder zuzuschlagen. Nichts. Oder doch: Mit dem Hammer ging er auf seinen Laster los. Irgendwo fand er einen Hammer, mit dem er auf den Motor, auf die Karosserie eindrosch, ehe er sämtliche Geräte aus der Werkzeugkiste, eins nach dem anderen, gegen den Unimog schleuderte und brüllte:

– Hast du mir nichts zu sagen? He! – Und nochmals: Nichts …?

Es dauerte eine Weile, bis er einsah, dass er auf diese Weise zu keinem vernünftigen Ende kam. Was würde Vicky sagen? Nichts, oder genauso wenig wie sonst jemand. Er stieg auf die Ladepritsche, suchte einen Schlauch und einen leeren Kanister. Dann öffnete er den Tankverschluss und versuchte, etwas Diesel abzuzapfen. Wahrscheinlich stellte er sich ungeschickt an, denn es kamen nur ein paar Tropfen, die kaum den Boden des Behälters füllten. Er goss sie über den Motor.

Anfangs waren die Flammen so klein, dass er befürchtete, sie würden gleich wieder erlöschen. Aber dann wuchsen sie, breiteten sich in der Führerkabine aus und züngelten weiter nach hinten. Mota empfand die Entrückung, in die man vom Anblick eines lodernden Feuers versetzt wird; zugleich konnte er es kaum erwarten, dass die Flammen den Tank erreichten, und malte sich die prächtige Explosion aus, die seiner idiotischen Reise nach Córdoba und seinem idiotischen Entschluss, diesen Lastwagen zu kaufen, ein Ende bereiten würde. Doch dann begann es zu regnen, und er sah ein, dass das Feuer ausgehen würde.

Und so geschah es. Während das Unwetter tobte, blieb Mota im hinteren Teil, wo sich das Feuer noch nicht ausgebreitet hatte; unfähig, irgendetwas zu tun, lauschte er dem Regen und sah in den über die Innenseite der Dachplane rieselnden Wasserläufen sein eigenes Leben verrinnen und in den Pfützen, die sich auf der Pritsche bildeten, all jene Orte, wohin er nie kommen würde.

*****

Er brauchte einen ganzen Tag, um heimzukommen. Jemand nahm ihn nach Rosario mit, wo er einen anderen fand, der ihn nach Zárate brachte, und von dort rief er Vicky an.

– Ich bin in Zárate, sagte er.

– Ich komme dich holen, sagte sie.

Während der Fahrt redeten sie kaum ein Wort. Der Motor des alten F-100 brummte durch die Nacht, und in Motas Kopf breitete sich beidseits der Landstraße eine Lagune aus. Sie war nicht sehr tief, und er stellte sich vor, sie würden anhalten, er nähme Vicky bei der Hand und zusammen würden sie in der Finsternis die Lagune durchwandern.

Zu Hause sagte er:

– Ich rufe Saba an.

– Wen willst du anrufen?

– Den Kerl, der mir den Laster verkauft hat. Soll er ihn doch selber holen und mir was davon zurückzahlen, was ich dafür hingelegt habe. Ein bisschen was wird er schon rausrücken ...

– Und wenn nicht?

– Auch egal. Wir fangen von vorn an.

Sie umarmten sich.

Vicky fragte:

– Und das Haus, bauen wir es fertig?

– Klar, mal sehen, wie weit wir kommen.

Sie bat ihn, einen Moment zu warten, und dann kam sie mit einer Flasche Wein, einem Hähnchen und etwas Gemüse zurück. Sie kochten, sie aßen, und bevor sie zu Bett gingen – Zeit hatten sie nicht zu verlieren –, half ihr Mota beim Abräumen und Geschirrspülen.

Fotos von Mama

Gestern habe ich Roberto kennengelernt, der eine Liaison mit meiner Mama hatte – er war damals KP-Mitglied – und das Land verlassen konnte, kurz bevor sie für immer verschwand. Den Kontakt hatte mir ein Onkel vermittelt, der an der Mittelschule mit ihm in derselben Klasse war. Ich rief ihn Mitte der Woche an, worauf er mich für Samstag einlud und mich wirklich sehr herzlich empfing.

Sie wohnen recht komfortabel, und das Haus erschien mir sehr geräumig, auch weil durch eine verglaste Decke helles Licht einfiel. Wir machten es uns im Wohnzimmer bequem, und Roberto kam sofort auf Mama zu sprechen. Er zeigte mir auch gleich zwei Fotos: Auf dem einen umarmen sich die beiden am Ufer eines Kanals; auf dem anderen stehen sie rauchend auf einem Balkon und schauen auf die Straße hinunter. Ich fragte, ob er Abzüge von dieser Aufnahme habe, und er sagte, er könne welche anfertigen lassen, und versprach mir außerdem, nach weiteren Fotos zu suchen. Dann lud er mich ein, zum Essen zu bleiben, was ich gern annahm. Robertos Frau, Cecilia, hatte eine Salsa aus Tomaten und Walnüssen zubereitet, und noch bevor wir davon probiert hatten, redete sie schon davon, wie gut alles sei.

Bei Tisch sprach Roberto über seine Jahre im Exil. Wahrscheinlich erzählte er diese Geschichten gern. Cecilia redete kaum, und auch ich nur, um zuzustimmen oder ihn zum Weitererzählen zu animieren. In seiner Erzählung kamen Rom und eine italienische Geliebte vor, mit der er ein Kind hatte, das jetzt in Turin lebe und ihm von jeder seiner Reisen eine Ansichtskarte schicke. Über Mama hingegen hatte er wenig zu sagen. Weder schien er sich zu erinnern, wann genau sie zuletzt zusammen gewesen waren, noch, weshalb sie auseinandergingen.

Später, als er mir für meine Nachforschungen Glück wünschte und versprach, sich bei einigen Bekannten zu erkundigen, erinnerte er sich plötzlich, Mama zufällig eines Morgens, kurz bevor nie mehr irgendjemand etwas von ihr hörte, an einer Straßenecke begegnet zu sein. Er habe – es war ein ungewöhnlich warmer Wintertag – auf den Bus gewartet, als sie plötzlich aufgetaucht sei. Sein erster Impuls sei natürlich gewesen, sie zu begrüßen. Sie jedoch habe entsetzt abgewinkt, und so habe er ihr seinerseits nur mit einer Geste signalisiert, er habe verstanden. Das war alles. Er wisse nicht, ob sie damals schon beschattet wurde. Jedenfalls verließ er wenig später das Land, denn die Umstände waren für sie alle schwieriger geworden als erwartet.

Gegen vier Uhr verabschiedete ich mich. Am strahlend blauen Himmel waren inzwischen schwarze Wolken aufgezogen. Roberto sagte zum Abschied – und er schaute zu der gläsernen Decke, als sollte sich dort gleich Bedeutsames ereignen –, es werde wohl bald zu regnen beginnen.

Weil auch Cecilia gehen wollte, bot ich ihr an, sie im Auto mitzunehmen. Sie ging zu einem Malkurs, nicht weit von dort, wo ich wohne. Unterwegs redeten wir über was uns gerade einfiel. Roberto hatte sie auf einem Volksfest kennengelernt, und sie lebten seit zwei Jahren zusammen. Sie hatte zwei Kinder aus erster Ehe, einen Sohn in meinem Alter und einen jüngeren, der noch bei ihr lebte. Was sie erzählte, war mir im Grunde egal, eher machte es mich nervös. Ich fragte mich, wie alt sie sein mochte; mehr interessiert hätten mich weitere Einzelheiten über den Morgen, als Roberto Mama zum letzten Mal gesehen hatte. Wo genau, an welcher Ecke? Wie lange oder wie kurz bevor sie verschwand? Sollte dies wirklich der allerletzte

Hinweis sein oder würde es mir eines Tages gelingen, mehr in Erfahrung zu bringen? Übrigens hatte ich das Gefühl, unsere Begegnung sei für Roberto ergiebiger gewesen als für mich. Bevor er über das heraufziehende Unwetter redete, hatte er gesagt, er wolle sich noch ein wenig die Beine vertreten, und ich vermutete, dass das auch wirklich seine Absicht war, aber irgendwie schien mir auch, herumzulaufen sei für ihn eine Art zwanghafte Notwendigkeit, bevor er nach Hause zurückkehren und sich für den Abend etwas einfallen lassen müsste.

Wir kamen nur langsam vorwärts und konnten viel reden; was genau, weiß ich freilich kaum noch, denn während Cecilia redete, dachte ich an Mama und andere Dinge, an die ich denke, wenn ich traurig bin: an Parks, wo sich die Leute tummeln, an Sonne und Sonnenschirme, und dass ich dort immer erst hinkomme, wenn kein Platz und kein Sonnenschirm mehr frei ist und ich allein am Rand bleiben muss.

Als ich in die Straße bog, wo Cecilia ihren Malunterricht nimmt, fiel ihr ein, dass sie für ihren jüngeren Sohn noch etwas einkaufen sollte. Er spiele Rugby und habe sie gebeten, ihm Schutzkappen für die Stiefel zu besorgen: Diesen Sonntag habe er ein wichtiges Spiel. Nach der Malstunde aber seien kaum noch Läden offen, es täte ihr leid, wenn sie ihn enttäuschen müsste, das habe er nicht verdient. Kein Problem, sagte ich: Die Kappen könne ich ja kaufen, und sie könne sie nachher bei mir abholen. Sie zierte sich ein wenig, irgendwie werde sie es schon schaffen, und überhaupt, ich hätte ihr doch schon den Gefallen getan, sie mitzunehmen; und so weiter. Ich musste aber nur ein bisschen insistieren, und schon war sie einverstanden. Ich wollte ohnehin spät zu Bett gehen, weil ich alles, was Roberto erzählt hatte, in mein Heft mit den Aufzeichnungen über Mama eintragen und mich danach betrinken wollte. Jedes Mal, wenn ich etwas über Mama herausfinde, kaufe ich mir zwei, drei Flaschen Wein, setze mich allein in den Innenhof und trinke sie aus.

Gestern aber habe ich nichts davon getan. Ich habe die Schutzkappen gekauft, mich an die Zeit erinnert, als ich sie für meine eigenen Rugbystiefel kaufte, und auf Cecilia gewartet.

Gegen sechs wurde der Gewitterhimmel schwarz wie die Nacht. Ich hätte Licht machen können, aber im Dunkeln war es gerade recht. Die zwei Freunde, mit denen ich die Wohnung teile, hatten gesagt, sie kämen heute nicht nach Hause, und so lauschte ich allein, von nichts und niemandem gestört, dem Regen, der auf's Dach prasselte. Roberto ging mir durch den Kopf – woran mochte er jetzt denken? An Mama vielleicht? An mich? War er tatsächlich spazierengegangen? Dann saß er jetzt sicher in irgendeinem Café, wohin er vor dem Regen geflohen war; ich stellte ihn mir vor, wie er an einem Fenstertisch saß und irgendetwas bestellte, während das Wasser die Scheiben hinunterlief und er sich an seine Jahre in Europa erinnerte. Rom – nach Rom wollte ich schon immer gern –, römische Geliebte, kleines Zimmer mit Aussicht auf sonnengebleichte Gebäude, wie ich sie von Fotos kannte, ein Licht, das unerbittlich auf die Wände schien; die Freunde im Exil, und das noch undeutliche Gefühl, einem Albtraum in dem Moment entronnen zu sein, in dem das Erwachen dem Schmerz nur weitere Schmerzen, dem Schrecken nur weitere, endlose Schrecken hinzufügt.

Auch meine eigenen Albträume fielen mir ein. Besser gesagt jener, der mich jahrelang verfolgt hat. Ein Jemand oder ein Etwas – möglicherweise eben das Gefühl, verfolgt zu werden – belauerte mich aus einem unsichtbaren Versteck. Die vertrauten Straßen verwandelten sich in enge Gassen, und auf die hohläugigen Fassaden fiel ein wer weiß woher stammendes Licht. Lautlos hetzte ich die schiefen Gemäuer entlang, ohne mich auch nur einmal umzudrehen und zu sehen, wie nah oder fern meine Verfolger waren. Was ich am meisten fürchtete, war seltsamerweise nicht ihre mögliche Nähe, sondern ihre Ferne. Und dann – noch ehe ich eingeholt und gepackt wurde oder glücklich entwischte – erwachte ich und lag für Sekunden stocksteif im Bett, ehe ich ins Zimmer meiner Großmutter huschte. Jede Bewegung auf diesem Weg – meine über den Teppich hastenden Füße, das Anknipsen des Lichtschalters, der Griff an meine Türklinke, das Öffnen der Tür zu ihrem Zimmer – all das geschah so lautlos wie meine Schritte im Traum.

Ich weiß nicht, wie lange ich meinen Albträumen nachhing; als Cecilia klingelte, versuchte ich immer noch, mich an die Worte zu erinnern, mit denen mich meine Großmutter beruhigt und wieder zum Einschlafen gebracht hatte. Vielleicht meinte ich auch deshalb im ersten Moment, nicht Cecilia, sondern meine Großmutter – oder Mama, oder beide zusammen – stünde mit den Einkäufen für das Abendessen vor der Tür.

Sie musste noch zwei, drei Mal klingeln, ehe meine Finger im Dunkeln auf der Tischplatte nach den Schutzkappen für die Rugbystiefel zu tasten begannen. Die Schachtel in den Händen, stolperte ich zur Tür, um sie Cecilia mit ein paar netten Worten zu überreichen, ihr zu versprechen, bei Roberto wegen der Fotos noch einmal nachzufragen, und mich zu verabschieden. Doch als ich öffnete und sah, dass sie völlig durchnässt war, konnte ich nicht anders, als sie hereinzubitten.

Während ich einen Lichtschalter nach dem anderen anknipste, erzählte sie, sie sei zu Fuß gekommen: eigentlich ein kurzer Weg, aber sie habe den Regen unterschätzt. Nass bis auf die Haut aber sei sie erst ganz zuletzt geworden, als sie den letzten Häuserblock entlanglief, wo es weder Balkons noch Vordächer gibt. Ich fragte, ob ich ihr ein Handtuch bringen solle, ob sie etwas Warmes trinken wolle, und sie sagte, ja.

Im Badezimmer fand ich nur mein eigenes Handtuch. Immerhin war es nicht mehr so feucht. Kaum war sie dabei, sich abzutrocknen, geschah es: Es war nicht mehr Cecilia, die vor mir stand: Es war die Cecilia von vor vielen Jahren. Alles, sicher auch die Tatsache, in der Wohnung dreier Jugendlicher gelandet zu sein, ließ sie jünger erscheinen: ihre schlammverspritzten Schuhe, die über die Knie gerutschten Strümpfe, ihr mit dem Geruch des Wassers vermischtes Parfum, das vom Laufen gerötete Gesicht. Vor allem aber ihre feuchten, sich kräuselnden Haare, durchzogen von tausenden von Regentröpfchen, die im Schein meiner Esszimmerlampe wie ein Diadem funkelten.

Während ich Kaffee aufsetzte, fragte Cecilia, ob sie Roberto anrufen dürfe, um ihm zu sagen, sie werde später als vorgesehen heimkommen; doch die Leitung war tot, der Regen hatte das Telefon lahmgelegt. Vielleicht, sagte ich, sei ja auch er noch nicht wieder zu Hause; und wie zuvor ich, malte nun auch sie sich aus, er habe auf seinem Spaziergang vermutlich am Fenstertisch einer Bar vor dem Unwetter Zuflucht gefunden.

Sie trank ihren Kaffee in winzigen Schlückchen, und mir fiel einer meiner Mitbewohner ein, der in Paris in einem Café gearbeitet hatte und lauter Kaffeesorten heimgebracht hatte. Später fing er an, wie ein Besessener die seltsamsten Sachen zu sammeln, als berge jede ein großes Geheimnis. Wahrscheinlich kam ich deshalb auf den Gedanken, während ich Cecilia schweigend am Tisch sitzen und die Tasse mit dem dampfenden Kaffee zum Mund führen sah, auch sie habe irgendein Geheimnis, und wenn ich sie reden ließe, würde sie mir vielleicht davon erzählen.

Und sie redete; doch weder über Mama noch über Roberto noch über sonst etwas, das ich erwartet hätte. Einen Augenblick lang hatte ich fast gedacht, sie werde mir etwas Unerhörtes verraten – im Stil von: Roberto sei mein leiblicher Vater oder aber direkt in den Tod meiner Mutter involviert gewesen. Immer wenn ein Unbekannter mit mir über Mama spricht, mache ich mich auf solche Enthüllungen gefasst. Neulich erst haben sie mir erzählt, vor dem Haus, in dem sie und ihre Gruppe untergetaucht waren, seien eines Tages wegen einer zufälligen Anzeige zwei Polizisten erschienen. In panischer Angst und aus Dummheit habe einer von ihnen auf den Polizisten, der geklingelt hatte, geschossen. Der andere, der dem Kugelhagel entkam, habe Verstärkung angefordert, und dann sei ein Trupp Soldaten, von einem Panzer und einem Hubschrauber unterstützt, vor dem Haus aufgetaucht. Ein Kinderspiel: Während die Soldaten das Feuer eröffnete, hätten sich zwei, drei von ihnen an das Haus herangeschlichen und einige Handgranaten geschleudert, die erst eine Wolke aus Staub und schwarzem Qualm, dann einen Haufen Schutt und darunter die leblosen Körper von Mama und ihren Freunden hinterlassen hätten.

Cecilia aber erzählte nichts dergleichen, sondern meinte nur, der Kaffee sei köstlich und wie ich ihn zubereitet hätte. Ich sagte, nichts Besonderes, vielleicht die Sorte; und wer vom Regen durchnässt hereinkomme, für den sei wahrscheinlich jede Tasse Kaffee ein Gedicht.

Vielleicht weil sie doch ein bisschen befangen war, wechselte sie das Thema und kam auf die Kappen für die Rugbystiefel ihres Sohnes zu sprechen. Ich hätte nie geglaubt, dass sich eine Frau dafür interessieren würde. Sie aber kannte sich so gut aus, dass ich fast gefragt hätte, ob sie in einem Sportgeschäft arbeitete. Sie sagte, wie froh sie sei, ihren Sohn nicht enttäuschen zu müssen. Dann sprach sie von ihrer Trennung und wie schwer er darüber hinweggekommen sei, wie die Schule darunter gelitten habe und wie problematisch seine Beziehung zu Roberto sei. Über sowas konnte sie sich wahrscheinlich endlos verbreiten. Keine Ahnung, wie lange sie redete, jedenfalls kam ich dann noch einmal auf den Kaffee zu sprechen; und als der Regen etwas nachließ, begleitete ich sie hinaus, um ein Taxi zu suchen.

Wir gingen zu Fuß bis zur Avenida und versuchten, uns unter den Bäumen vor der Nässe zu schützen, aber Regen im Dunkeln ist ein unsichtbarer, geisterhafter Feind, vor dem es kein Entrinnen gibt. Das hätte ich gern zu Cecilia gesagt, als wir uns endlich unter das Dach einer Bushaltestelle gerettet hatten; stattdessen sagte ich, es werde wohl die ganze Nacht durchregnen. Sie hoffte, dass nicht, sie könne es nicht leiden, wenn sich ihr Sohn auf einem von Schlamm und Pfützen übersäten Spielfeld herumwälzen müsse.

Wir mussten ziemlich lange unter dem Dach warten und unterhielten uns über das Wetter, so unberechenbar um diese Jahreszeit, und wie schwierig es sei, bei Regen ein freies Taxi zu finden. Als endlich eines hielt, verabschiedeten wir uns; alles ging so schnell, dass ich sie zu bitten vergaß, Roberto an die Fotos zu erinnern. Der Fahrer wendete mitten auf der Avenida, und das Taxi entfernte sich rasch; noch bevor es die Plaza erreichte, hatte ich es aus den Augen verloren.

Inzwischen musste es etwa neun Uhr sein, und der Regen prasselte immer weiter. Von der anderen Straßenseite schienen die Lichter des Supermarkts herüber, den eine Chinesenfamilie übernommen hatte; anscheinend war er noch offen. Ich lief über die Straße und ging auf die Lichter zu. Um diese Zeit saß der Inhaber selbst an der Kasse, ein dicker Chinese, der mich misstrauisch beäugte, während ich den Wein aussuchte, den ich jetzt wirklich große Lust hatte zu trinken. Als ich bezahlen wollte, murmelte er etwas Unverständliches – vielleicht nannte er auch bloß den Preis –, und weil draußen der Sturm heulte, kam ich auf den Gedanken, ein Schluck Wein wäre nicht schlecht für den Heimweg. Ich fragte den Chinesen, ob er einen Korkenzieher oder etwas Ähnliches hätte, worauf er eine Schublade aufzog und darin zwischen Papierfetzen, Bierdeckeln und Korken herumwühlte. Einen Moment lang zweifelte ich, ob er mich verstanden hatte, aber dann holte er einen Lappen hervor, wickelte ihn um den Flaschenboden und begann, nachdem er den Flaschenhals von der Aluminiumfolie befreit hatte, den Flaschenboden gegen einen Pfeiler zu klopfen. Nach und nach kam der Korken, und als gut die

Hälfte hervorschaute, zog er ihn heraus. Ich lächelte. Er lächelte zurück, und ich bot ihm den ersten Schluck an. Er nahm ihn, trank noch einen und lächelte wieder. Dann murmelte er wieder ein paar unverständliche Worte und reichte mir die Flasche. Als ich ein wenig getrunken hatte, sah er mich an, als erwarte er meine Zustimmung. Ich nickte, genehmigte mir noch ein paar Schlucke, und er klatschte in die Hände. Dann zeigte er hinaus auf die Straße, wahrscheinlich um mir zu bedeuten, ich solle lieber bleiben, bis sich der Sturm gelegt hätte. Gleich danach verschwand er in einem Hinterzimmer und kam mit einem zusätzlichen Stuhl zurück. Ich setzte mich, er ließ die Rollläden herunterrasseln und nahm wieder Platz, und im Nu hatten wir die Flasche geleert. Wir machten die nächste auf und als wir auch die ausgetrunken hatten, brachte er, immer lächelnd, vier, fünf weitere. Vermutlich nickte ich irgendwann ein, erbrach mich wohl auch, fühlte mich gut und fühlte mich schlecht, vielleicht weinte ich; als ich ging – es wurde schon hell, vom Unwetter war nur noch ein Nieseln geblieben –, saß der Chinese, an einen leeren Warenkorb gelehnt, immer noch lächelnd am Boden.

Was in einen Becher passt

Nie habe ich ein zarteres Wesen als Barbara kennengelernt. Sie wohnte in der Nähe der Uni, und unsere Studiengruppe traf sich immer bei ihr in der Wohnung, um für die Abschlussarbeit zu lernen, ohne die man zur Lehramtsprüfung nicht zugelassen wurde. Barbara erwähnte gelegentlich, sie werde die Wohnung demnächst aufgeben, weil der Mietvertrag auslief oder ihre Mitbewohner in finanziellen Schwierigkeiten steckten, oder wegen ihrer Doktorarbeit, mit der sie sich als Anthropologin qualifizieren wollte. Letzteres war der eigentliche Grund, und ein bisschen auch das andere. Sie sollte an einer Ausgrabung irgendwo im Norden teilnehmen, in der Nähe eines Dorfes, das wie Calavera* klang, aber mit einem anderen Buchstaben anfing: Salavera, Talavera, Dalavera oder so ähnlich, und sobald sie die Abschlussprüfungen bestanden hätte, wollte sie fahren.

Eines Abends, als wir uns wieder einmal bei ihr trafen, war ich früher als die anderen da – einer fehlte, die anderen hatten angerufen, sie kämen erst später –, und Barbara bat mich, sie kurz zu ihrer Professorin oder irgendjemandem zu begleiten, der was mit der Studienreise in den Norden zu tun hatte – genau weiß ich es auch nicht mehr. Jedenfalls gingen wir zusammen zum Fakultätsgebäude. Unterwegs redete sie über Stipendien und Auslandsaufenthalte, all den akademischen Kram, der mich nie besonders interessiert hat, trotzdem hörte ich ihr aufmerksam zu, denn so wie sie es erzählte, bekam alles eine besondere Bedeutung. Die Frau im Fakultätsbüro redete über genau die gleichen Dinge wie Barbara. Sie war um die fünfzig und schien sich hinter ihrem mit Papieren überfüllten Schreibtisch sehr wohl zu fühlen. Doch während sie redete, stürzten die kleinen Hoffnungen, die Barbaras Worte bei mir ausgelöst hatten, eine nach der anderen in sich zusammen. Die Frau sagte, wie schwierig alles sei, und nannte all die bürokratischen Hürden, die mich immer schon entmutigt haben und die mich nun in meinem Entschluss bestärkten, mein Studium so rasch wie möglich abzuschließen, um etwas ganz anderes zu machen. Ich nickte – was hätte ich sonst tun können? – und blickte hin und wieder zu Barbara hinüber, die ihren Worten so gespannt lauschte, als wiesen sie ihr den Weg oder wenigstens die Richtung zu etwas, das ihr sehr, sehr wichtig war.

Später auf ihrem Balkon, als wir immer noch auf die Nachzügler warteten – im achten Stock, glaube ich: Wir tranken Mate und sahen den Arbeitern zu, die direkt gegenüber einen neuen Wohnturm hochzogen –, sagte Barbara mit demselben gespannten Gesichtsausdruck wie vorher, dies sei für sie der richtige Moment wegzugehen. Nicht nur wegen der Karriere, sondern auch, weil ihr der Turm demnächst die Aussicht versperren werde.

Mit der Abschlussarbeit kamen wir gut voran, wir gaben sie sogar schon vor dem von der Dozentin festgelegten Termin ab. Unsere Zusammenkünfte waren immer ganz entspannt verlaufen, und unter den Mitgliedern der Gruppe hatte sich so etwas wie Vertrauen gebildet. Wahrscheinlich auch, weil wir nicht alle gleichaltrig waren und verschiedene Studienrichtungen eingeschlagen hatten; umso unwichtiger war es, was der eine vom anderen hielt. In Barbaras Nähe fühlte ich mich ohnehin immer wohl, und ich glaube, ihr ging es ähnlich. Vielleicht hofften wir beide insgeheim, aus uns könnte etwas mehr werden als nur Kommilitonen in einer Studiengruppe, vielleicht merkten es die anderen auch. Einige, so glaubte ich zu spüren, ermunterten uns geradezu, nicht länger um einander herumzutanzen.

Aber da war immer diese Reise, diese Exkursion irgendwohin in den Norden, die ihr bevorstand; ich meinerseits war nicht unbedingt in der Verfassung für einen neuen Versuch, denn ich hatte gerade nach einer längeren Beziehung mit einer anderen Frau Schluss gemacht. Und Barbara war einfach der Typ Frau, mit der man entweder etwas Richtiges oder gar nichts anfing.

Sie hatte immer zu erzählen, alles Mögliche, und ich hörte ihr gern zu, ohne selber viel zu sagen. Einmal erzählte sie, wie ihr Vater gestorben sei. Ein fürchterlicher Unfall. Sie wusste, dass meine Eltern während der Diktatur verschwunden waren – dies zu erwähnen ist gleichsam meine Visitenkarte –, und ich nehme an, sie wollte mit mir über den Tod ihres Vaters reden, um mir das Gefühl zu vermitteln, zwischen uns gäbe es etwas Gemeinsames. In gewisser Weise stimmte das ja auch. Ich habe meinen Vater genauso wenig gekannt wie Barbara ihren. Außerdem war der Mann wahrscheinlich ermordet worden. Auf der Heimfahrt von einer angeblichen Geschäftsreise – es war nachts und regnete – habe er vor einer Polizeikontrolle gebremst, und sein Wagen sei von einem schweren Lastwagen, der mit hoher Geschwindigkeit von hinten nahte und dessen Bremsen versagt haben sollen, buchstäblich plattgewalzt worden. Barbara war überzeugt, der Unfall sei das Werk eines *Umbanda*-Zaubers*: In Wahrheit nämlich war ihr Vater nicht auf Geschäftsreise, sondern auf dem Weg zurück von einem Treffen mit seiner Geliebten gewesen; er hatte ihr gesagt, es sei aus zwischen ihnen, und die Frau habe ihn daraufhin mit einem Fluch belegt.

Nachdem mir Barbara diese Geschichte erzählt hatte, wollte ich wissen, weshalb sie nicht weiter über Umbanda forschte, das könnte doch sogar für ihre Doktorarbeit von Nutzen sein. Vieles, was ich tue, stehe – oft ohne dass ich mir dessen bewusst bin – in Zusammenhang mit meinen Nachforschungen über das Verschwinden meiner Eltern. Wir saßen wieder allein auf dem Balkon, ich weiß nicht mehr warum, und die Baumaschinen gegenüber machten einen Höllenlärm. Dieser Turm wuchs, wie Barbara gesagt hatte, sehr schnell.

Da sie zunächst nicht antwortete, vermutete ich, sie denke im Stillen darüber nach, ob sie den Mördern ihres Vaters hinterherforschen solle. Sie meinte dann auch, irgendwie habe sie schon in dieser Richtung gesucht, aber nur halbherzig. Sie habe nämlich einmal einen Umbanda-Tempel besucht, einige der dort praktizierten Rituale studiert und ein paar Anhänger dieses Glaubens befragt und sich sogar mit einem Pai* unterhalten. Ein Mensch mit bewunderungswürdigen, wahrlich erstaunlichen Fähigkeiten, und nichts davon habe auf einen Zusammenhang mit dem Tod von wem auch immer schließen lassen, obwohl ihr bewusst gewesen sei, dass es diesen Zusammenhang gebe. Es war ihr anzumerken, wie sehr das Ganze sie immer noch aufwühlte. Sie habe, fuhr sie fort und nannte die Namen einiger mir nicht bekannter Autoren, mit ethno-linguistischen Methoden gearbeitet und einige überraschende Schlüsse ziehen können, über die sie aber noch nichts verraten wolle, denn sie sei sich noch nicht ganz sicher, außerdem würde ich sowieso nichts verstehen.

Ich glaube, wir haben uns danach noch ein, zwei Mal getroffen, um für die Prüfung zu lernen oder Notizen und Fotokopien auszutauschen. Es war Sommer geworden, und ich weiß nicht, war es die Hitze oder Barbaras zunehmend angespanntes Verhältnis zu ihren Mitbewohnern, weshalb sie oft schlechter Laune war, jedenfalls hatte ich immer weniger Lust, mich mit ihr zu unterhalten. Es war, als schwebte eine bleierne Wolke über ihr, die ihre Last nicht loswerden konnte.

Nach der Prüfung traf sich die Gruppe zu einem Abschiedsessen, alle Last war abgefallen, und es wurde ein schrecklich lustiger Abend. Ferienpläne wurden besprochen und ob man sich wohl im nächsten Jahr an der Uni wiedersehen würde; offenbar hatte jedoch niemand vor, dasselbe Fach zu belegen. Wir tranken viel Bier, die Stimmung wurde immer ausgelassener, die Gespräche zogen sich in die Länge und wurden immer alberner. Eine Kommilitonin erzählte, ihr Sohn habe sich bei einem Unfall die Vorhaut verletzt, die ganz weggeschnitten werden musste. Jetzt, sagte sie voller Stolz, werde ihn bestimmt jeder, der ihn nackt sah, für einen Juden halten. Ein anderer, der in einem Heim für mongoloide Kinder arbeitete, berichtete von einem Jungen, der eines Tages einen Hund mitbrachte, von dem er durch nichts auf der Welt mehr zu trennen war. Er liebe dieses Tier, habe der Junge gesagt und nur noch mit dem Hund geredet und kaum noch mit den Klassenkameraden. Leider hätte sich herausgestellt, dass die Beziehung nur deshalb so innig war, weil er mit dem Hund etwas bis dahin Unbekanntes entdeckt, nämlich hinter ihrer aller Rücken sexuelle Beziehungen mit dem Tier unterhalten habe. Barbara machte den Mund kaum auf, und auch ich mit meinem vergleichsweise bescheidenen Vorrat an Geschichten – ich bin kein guter Lügner – konnte mir nicht erklären, warum um alles in der Welt wir uns mit solchem Unsinn unterhielten.

Jedenfalls verabschiedeten wir uns am Ende voneinander, und jeder ging seiner Wege. Ich war etwas betrunken und begleitete Barbara nach Hause. Vor ihrer Haustür redeten wir weiter, und ich weiß noch, dass wir uns dabei an den Schultern berührten, als wollten wir uns gegenseitig wegschubsen. Wir sagten Dinge, über die wir lachen mussten, und plötzlich ergriff sie meine Hand, und wir küssten uns. Oder beinahe. Ein Küsschen, vielleicht gar kein richtiger Kuss. Das war's, obwohl noch eine lange Umarmung folgte, die, so wie sie mich an sich zog, vielleicht eine Einladung war, mit hinaufzukommen. Als wolle sie mich buchstäblich abschleppen, und prompt verloren wir das Gleichgewicht, schwankten einen Moment, und hätte ich mich nicht mit der Hand auf den Boden gestützt, wären wir hingefallen. Dann blieben wir noch lange sitzen und sahen uns an. Vielleicht kam es mir auch nur so lange vor, denn als ich gegangen war – es war spät geworden –, musste ich noch fast eine Stunde auf den Bus warten.

Zwei Monate später trafen wir uns an der Uni wieder. Ich hatte einen Sommerkurs belegt, und sie war auf dem Weg zur Bibliothek, weil ihr für ihre Doktorarbeit ein paar Bücher fehlten. Wir begrüßten einander wie alte Freunde und gingen zusammen hinaus auf einen Platz, um ein Bier zu trinken. Sie sei mit ihrem früheren Freund oft hierhergekommen, sagte sie, meist bei Nacht, und manchmal hätten sie hier Paare gesehen, die sich hinter einem der Gebüsche liebten. Barbara zeigte mir diese schattigen Plätzchen und lud mich ein, mich mit ihr unter einen Baum zu setzen. Wir machten das erste Bier auf und redeten los. Alles kam wieder in Fluss, und die Sache mit ihrer Reise in den Norden war mir auf einmal egal. Als wir die zweite Flasche geöffnet hatten, dachte ich sogar, ich könnte sie begleiten oder wenigstens einen Teil ihrer Zeit dort mit ihr verbringen. So kam ich ihr näher, strich ihr übers Haar und streichelte ihre Hände, und schließlich lagen wir auf dem Rasen, sie auf mir, und ich konnte kaum erwarten, dass es dunkel wurde, um mich mit ihr in einen jener Winkel zu verziehen, wo uns die Passanten nicht sehen konnten. Stattdessen gingen wir gleich in ihre Wohnung, und dort blieb ich bis zum nächsten Morgen. Mehrmals klopfte einer ihrer Mitbewohner heftig an die Tür, als wollte er uns aufschrecken, und einmal hörte ich eine Frauenstimme, die etwas sagte wie: »Nicht zu fassen, wie jemand es mit diesem Klappergestell treiben kann.« Später erzählte ich Barbara, ich hätte Bekannte, bei denen ein Zimmer frei sei und die einen Mitbewohner suchten. Sie war interessiert. Ich sagte, sie solle mich wieder anrufen, ich würde versuchen, die Nummer dieser Leute aufzutreiben; wenn ich nicht da sei, solle sie es später versuchen. Ich drängte sie geradezu, mich anzurufen, und redete noch von anderen Dingen, die unsere Zukunft angingen und die sie sich, das Morgenlicht in den Augen, lächelnd anhörte.

Aber die Zeit verging, und Barbara rief nicht an. Ich versuchte es ein paar Mal bei ihr und bekam immer zur Antwort, man werde es ausrichten, was aber offensichtlich nie geschah. Am Ende hatte ich keine Lust mehr. Nach Ende des Sommerkurses beschloss ich, erst zum übernächsten Semester an die Universität zurückzukehren; ich brauchte Geld und musste mir eine Arbeit suchen.

Während dieser Zeit war ich noch mit zwei anderen Frauen zusammen. Eine war die Freundin eines Freundes, die mich hin und wieder angerufen hatte, um sich zu verabreden. Die andere, ein bisschen pummeliger, hatte ich auf der Straße aufgegabelt, und wir sahen uns zwei oder drei Mal; sie mochte es, auf meiner Brust einzuschlafen, und war überhaupt sehr lieb. Die Beziehung aber hatte keine Zukunft, weil das Mädchen schnarchte und ich es nicht ausstehen kann, mitten in der Nacht von irgendetwas aufzuwachen. Mit der einen redete ich über meine Eltern, und sie erzählte von ihren eigenen Familientragödien, so in der Art von: Mein Bruder ist auf Entziehungskur, oder: Meine Mutter will wieder Kontakt zu ihren Kindern aus erster Ehe. Ich war mit diesen Mädchen zusammen, und es war ganz schön, aber nicht das Wahre, das merkte ich bald. Eines Tages – ich weiß es noch genau, es ist die intensivste Erinnerung an diese Zeit –, als ich auf der Plaza Once für einen Nachbarn irgendwelche Flugblätter oder Pamphlete verteilte – Flugblätter der Größe nach, Pamphlete, wenn man sich den Inhalt besah –, in denen eine Art christliche Heilslehre angepriesen wurde, die in Wahrheit auf einem Mischmasch nah- und fernöstlicher Weisheiten beruhte, bekam ich plötzlich wahnsinnigen Durst. Es war kalt, und mein Arbeitstag hatte eben erst begonnen, aber mein Körper verlangte nach Erfrischung, als sei der Magen, der ganze Verdauungstrakt in Brand geraten, und müsse schleunigst gelöscht werden. Während ich auf einen Kiosk zusteuerte, hörte ich die Sirene eines Feuerwehrwagens; einen ganzen Hydranten hätte ich in diesem Augenblick leer trinken können; Sekunden später, als ich den roten Wagen vorbeifahren sah – zwei oder drei Feuerwehrmänner klammerten sich akrobatisch am Heck fest –, hätte ich ihn am liebsten angehalten und mir sämtliche Schläuche gleichzeitig in den Mund gesteckt. Aber er fuhr vorbei und ich bestellte am Kiosk eine große Brause, die größte, die sie hatten; es gab Flaschen von zweieinhalb Litern, eiskalt; aber mein Geld reichte nicht und ich fragte, ob sie nicht was im Plastik- oder Pappbecher hätten. Die Verkäuferin zeigte mir drei verschiedene auf der Theke aufgereihte Pappbecher. Ich suchte mir den größten aus und bat um den kältesten Sprudel, den sie hatten. Das Mädchen holte irgendwas aus dem Eisschrank, Tai oder Pritty oder Sweety Orange oder so, keine Fanta oder Mirinda, und füllte den Becher. Ich weiß nicht, wie lange sie dafür brauchte – nicht sehr lange, aber während sie beschäftigt war, schien mir, der ganze Inhalt dieser und sämtlicher verfügbarer Flaschen im Lokal fände in dem Becher Platz. Und noch mehr, Brausen, Säfte, Biere, alkoholfreie inbegriffen, Vollmilch, Joghurt, sogar Shampoo, Duschgel, was weiß ich noch alles. Für einen Moment schien mir, die junge Frau hätte meine Gedanken gelesen: Als ich zahlen wollte, sagte sie, der Becher sei schön voll, also keine Beschwerden bitte, und lächelte mich an. Da gab ich ihr all mein Geld, sagte, der Rest sei für sie, und lief hinaus, um irgendwo in Ruhe meine Limonade zu trinken.

Ein paar Schritte entfernt setzte ich mich in einen Hauseingang. Es war ein düsteres, verwahrlostes, scheinbar verlassenes Gebäude. Aber aus dem Innern kamen Stimmen und der Lärm von Maschinen. Ich fragte mich, ob es ein besetztes Haus war oder ob sich ein geheime Werkstatt oder Fabrik hier eingerichtet hatte. Schon möglich, und während ich noch darüber nachsann – ich hatte schon halb ausgetrunken –, glaubte ich auf einmal, Barbaras Stimme zu hören. Woher nur? Arbeitete sie hier, oder …? Ausgeschlossen: Die Stimme schien nicht aus dem Gebäude, sondern aus meinem Pappbecher zu kommen. Ich stellte ihn hin – es war ohnehin fast nichts mehr drin – und lauschte. Wie konnte es sein, dass Barbara aus dem Innern eines Pappbechers sprach? Die konfusen Worte klangen sanft und rau zugleich, wie eine Artischocke, weich im Kern, nach außen fest. Und wie ich horchte, erkannte ich die Bedeutung der Stimme: Sie drang aus dem Innern, kam aus der Sanftheit des Herzens, um an der spröden Oberfläche zu erstarren. Einen Moment lang wusste ich nicht, was tun. Am Ende war Barbara in der Nähe, und der Becher funktionierte wie eine Art Antenne. Nein, das wäre vollkommen unlogisch gewesen. Aber auch mein Durst war ganz widersinnig gewesen, und noch vieles andere: Wie kam ich eigentlich dazu, Flugblätter für eine neue Religion zu verteilen? Wieder hörte ich Barbaras Stimme, spürte ich den Durst, diesen wahnsinnigen Durst. Ich stürzte den Rest des Bechers hinunter und ging.

Als ich spät nach Hause kam, war der Strom ausgefallen, also kochte ich mir etwas in der Stille der Küche, ohne das Fernsehgeplärr und das folkloristische Gedudel, das gewöhnlich aus der Wohnung der Nachbarn herüberdröhnte; trotz oder wegen der Stille kam es mir so vor, als sei Barbara bei mir. Danach ging ich schlafen – nie zuvor, glaube ich, war ich so ruhebedürftig gewesen – und träumte, draußen sei der Himmel bedeckt und es fange an zu regnen. Alles schien sehr wirklich: Ich streckte die Hand hinaus, und Regentropfen fielen darauf – ein ähnliches Gefühl, wie wenn ich als Kind im Schlaf das Bett nässte: Das Wasser lief von der Hand über den Körper, und es machte mir nichts aus, in der Feuchtigkeit zu liegen, während ich darauf wartete, dass mich meine Großmutter in die warme Wanne steckte. Weil ich aber spürte, wie nass ich war, begann ich zu weinen, und alles war so wirklich, dass ich nicht wusste, ob ich wirklich weinte oder es nur träumte. Klar war nur, dass ich wegen des Regens weinte, und vor Glück, wie wenn man jemanden nach langer Zeit wiedersieht, als wäre dieser Regen am Ende eines schwülen, drückend heißen Sommers gefallen, von dem mich soeben jemand oder etwas erlöst hatte.

Tags darauf – es war schon wieder hell – fühlte ich mich leicht, sauber und hatte Lust, Barbara anzurufen, um ihr das mit dem Becher und dem Traum zu erzählen; aber nach dem Frühstück war mir die Lust schon wieder vergangen, außerdem tauchte mein Nachbar auf – der mit den Flugblättern – und verkündete, er werde das Vertriebssystem ausweiten, ich solle die Koordination der Flugblattverteiler übernehmen. Er sprach über spirituelle Dinge und meinte, der Regen gestern Nacht sei ein Zeichen gewesen, so wie der Stern von Bethlehem für die Heiligen Drei Könige oder der brennende Dornbusch für Moses. Ich sah zum Fenster hinaus: Es hatte tatsächlich geregnet. Vermutlich hielt er auch meinen prüfenden Blick für ein Zeichen, dass ich an seinen messianischen Plan glaube. Als ich sagte, er solle mich in Ruhe lassen mit seinen Flugblättern, war er so überrascht, dass er wie ein Besessener, wie unter dem Einfluss einer höheren Macht, zu reden begann und nun erst recht einen Haufen Unsinn von sich gab. Vielleicht war er ja der Heiland, meinetwegen, aber mir war das egal, ich brachte ihn zur Tür und sagte, ich käme irgendwann diese Woche vorbei, um das Geld abzuholen, das er mir schulde.

Endlich, eines Morgens – ich glaube, ich wollte gerade irgendjemanden treffen, der einen Job für mich in Aussicht hatte, irgendwas Wichtiges jedenfalls –, rief Barbara an. Ihre Stimme klang, als ob sie vom Nordpol anrief – eine Polarforscherin, eine Mondfahrerin, ein Wesen aus einer fernen Galaxie. Rief sie von der Exkursion in den Norden an, von der Fundstätte, wo sie jetzt vielleicht arbeitete? Nein, sie hatte sich endgültig mit ihren Mitbewohnern zerstritten und fragte bloß nach der Nummer meiner Bekannten, bei denen ein Zimmer frei war. Und was war mit der Reise in den Norden? Verschoben, sie müsse sich noch einige Monate gedulden. Während ich die Nummer heraussuchte, überlegte ich, ob sie nicht vielleicht noch etwas von mir wollte, ob ich ihr sagen sollte, wie oft ich versucht hatte, sie anzurufen, um ihr die Sache mit dem Pappbecher zu erzählen ... Aber dann sagte ich doch nichts, gab ihr bloß die Nummer und fragte, wie es denn so laufe. Gut, sagte sie. Ich sagte, soviel ich wüsste, hätten diese Leute schon jemanden für das Zimmer gefunden, aber sie könne es ja versuchen. Barbara sagte, sie brauche schnell was und es wäre toll, wenn mir sonst noch jemand einfiele. Während ich noch überlegte, kam mir die Gewissheit, dass sie sich nur gemeldet hatte, damit ich ihr bei der Wohnungssuche half, also gab ich ihr zwei oder drei Nummern von Freunden und sagte noch, sie solle sie bitte von mir grüßen. Sie bedankte sich und danach gleich noch einmal, als fiele ihr sonst nichts ein, machte zwischen jedem Dankeschön sogar eine kleine Pause, und ich fragte mich immer wieder, ob sie nicht doch aus einem anderen Grund angerufen habe; aber während ich darüber sinnierte und mir ihren dünnen Körper vorstellte, und wie es wäre, sie noch einmal zu sehen, ihre nackte weiße Haut und all das, sagte ich: Okay, viel Glück, und legte auf.

Die Ordnung der Dinge

Vor kurzem fand ich ein seit Jahren nicht mehr benütztes Adressbuch und fing ich an, darin zu blättern. Einige Seiten waren kaum noch leserlich, die Schrift verwischt – wohl wegen der Feuchtigkeit – oder verblichen, aber auf anderen waren die Namen, Telefonnummern und Adressen von Leuten, die ich seit Ewigkeiten nicht mehr gesehen hatte, leicht zu entziffern: einstige Klassenkameraden und Leute, die ich kennengelernt hatte, als ich mit Nachforschungen über meine verschwundenen Eltern beschäftigt war.

Ich öffnete das Büchlein aufs Geratewohl, kam zum Buchstaben C und rief Cides an, Rodrigo Cides: In der Schule nannten wir ihn Roma, aber damals schrieb ich mir die Leute, außer in speziellen Fällen, noch nach ihren Nachnamen auf. Die Mutter war am Apparat, ich erkundigte mich, ob Rodrigo da sei, und als ich den Namen aussprach, kam ich mir selber fremd vor, aber hätte ich nach Roma gefragt, wäre ich um einige Erklärungen nicht umhingekommen. Ich hätte zumindest erklären müssen, ich sei der, den sie Primo, den Cousin, nannten – Erinnern Sie sich? Wie geht es Ihnen? – und etwas in der Art, wie es mir ergangen sei, all die Jahre, wozu ich überhaupt keine Lust hatte. Rodrigo lebe in Italien, sagte sie, er ist vor einem Jahr hingezogen. Ich legte auf und blätterte weiter zum Buchstaben L – diesmal nicht zufällig –, und rief Lupe an. Hier gibt's keine Lupe, kam die Antwort, und schon hatten sie aufgelegt. Ich wusste noch: Bei unserer letzten Begegnung hatte mir Lupe von ihrem Plan erzählt, nach Spanien auszuwandern. Sie war mit zu mir gekommen, und als wir uns auszogen, sagte sie, Primo, Primito, stell dir vor, du wärst tatsächlich mein Cousin; eine unmögliche Liebe. Danach sagte sie, ihr Freund habe Bekannte in der Nähe von Sevilla, die dort als Elektriker arbeiteten und die nicht schlecht davon lebten, weshalb auch er sein Glück dort versuchen wolle; und da man in Spanien offenbar auch als Kellnerin ganz gut verdienen könne, werde sie mitgehen. Na dann macht's gut, sagte ich und überlegte, ob ich ihr nicht was Besseres zu bieten hätte als ein spanisches Dorf – aber nein, ich hatte überhaupt nichts zu bieten; außerdem mag ich nicht lügen, es liegt mir nicht, wenn ich lüge, dann unabsichtlich. Meist belüge ich nur mich selbst.

Ich kehrte zurück zum Zufallsprinzip und kam zum Buchstaben O: Ojo, Darío. Wer war das? Eine in Klammern hinzugefügte, leicht verwischte Anmerkung verwies auf eine andere Seite: »(s. Antrop...)«. Forensische Antrophologen, vermutete ich, während ich zum Buchstaben A zurückblätterte. Ja, genau, Darío Ojo war der Mann, von dem ich schon einmal etwas über die Jahre herauszufinden versucht hatte, die meine Eltern als ERP-Aktivisten verbracht hatten. Und richtig: Unter A fanden sich die *Antropólogos forenses*, ihre Telefonnummer, ihre Adresse und ein Pfeil, der von diesen dick umrahmten Angaben auf den betreffenden Gewährsmann verwies. Eine Wohnung in einem Altbau an der Avenida Rivadavia. Türen, Fenster und Böden aus Holz. Hohe weiße Decken. Tageslicht selbst im Badezimmer. Große Tische wie in einem Architekturbüro. Poster an den Wänden und Altiplano-Folklore als akustischer Hintergrund. Eine Sekretärin – schlank, schwarz gekleidet, mit runder Brille –, und dann erschien auch schon Darío. Er sagte, die ERP-Leute seien damals mit besonderer Gründlichkeit exterminiert worden; schwierig, da noch etwas zu finden. Während er sich Notizen machte, entschuldigte ich mich, ging zur Toilette am Ende des Korridors und wusch mir dort Hände und Gesicht. Es war sehr heiß, und ich war mit dem Fahrrad gekommen. Exterminiert, dachte ich. Das Wort hatte ich im Zusammenhang mit den Juden gehört, nie aber mit meiner Familie; und dennoch waren meine Eltern laut Daríos Worten exterminiert worden. Wie viele ERP-Aktivisten waren Juden gewesen? Und wie viele idiotische Fragen stellte ich mir sonst noch, während ich mich frischzumachen versuchte? Ich hob den Klodeckel und übergab mich, zwei, drei Mal, doch ohne eine Spur von dem bisschen Essen, das ich mittags zu mir genommen hatte, zuletzt hing noch ein schleimiger, durchsichtiger Faden von meinen Lippen; ich musste die Hände zu Hilfe nehmen, um ihn zu lösen.

*****

In den nächsten Tagen blieb das alte Adressbuch auf einem Haufen schmutziger Wäsche liegen. Doch die Extermination meiner Eltern und das Wenige, was ich darüber wusste, gingen mir nicht aus dem Kopf. Und dann fiel mir meine Tante Rita ein, die mit den Tieren spricht und sagt, dass nichts »einfach so« passiert. Einmal hatte sie mir ein Buch geliehen: *Erfolg ist kein Zufall*. Sie besitzt auch Bücher von Anne Crysler und eines von Cony Mendez: *Denk das Gute und es fällt dir in die Hände*, in dem ich einmal geblättert habe – nett, aber viel zu optimistisch. Als ich noch studierte, hatten wir einen Dozenten, der seine Vorlesungen stets mit der Bemerkung einleitete, um Optimist zu sein, müsse man nur schlecht informiert sein. Einerlei, diesmal hielt ich's lieber mit meiner Tante und beschloss, sie zu besuchen. Das Adressbuch erwähnte ich gar nicht, aber irgendetwas schien sie zu ahnen. Sie muss einen sechsten Sinn haben; oder das dritte Auge.

– Weißt du, woran ich gestern Abend gedacht habe?, sagte sie.

– Nein.

– An Lupe, was für ein nettes junges Ding …

– Früher mochtest du sie nicht.

– Mag sein, aber ich hatte eine Vision, weißt du? Ich habe sie nämlich gesehen, in einem kleinen Dorf. Es ging ihr gut. Ich meine, sie war gut angezogen, ordentlich frisiert und dezent geschminkt. Weißt du, was ich meine? Und dann kam ein drei- oder vierjähriges Kind, ein Mädchen, das ihr sehr ähnlich sah ... was soll ich dir sagen: Es war sie selbst.

– Und ...?

– Das ist alles. Aber meinst du nicht auch, dass es was Gutes bedeutet?

– Kann sein, sagte ich, obwohl ich die Symbolik solcher Visionen nicht verstehe und keine Lust hatte, mich auf die Sache einzulassen.

Dass Rita gerade jetzt an Lupe gedacht hatte, war aber doch ein starkes Stück, natürlich war ich verblüfft. Und dann sagte sie noch:

– Ich habe auch einen deiner Freunde gesehen, den, der mit seiner Mutter zusammenlebte, weil der Vater an Krebs gestorben war, und der uns manchmal besuchte. Ihr wart befreundet, als du noch ziemlich jung warst, wie hieß er noch?

– Rodrigo Cides?

– Genau, der: Rodrigo Cides.

*****

Tags darauf bat ich in der Bäckerei um Erlaubnis, etwas vor Ende meiner Schicht gehen zu dürfen. Ich nahm ein paar Stück Kuchen mit – vielleicht vergaßen sie ja sogar, sie mir abzuziehen – und fuhr wieder zu Rita. Als ich hereinkam, versuchte sie gerade, ihrer Hündin beizubringen, nicht an die Stockrosen im Hof zu pinkeln. Sie redete so flehentlich auf das Tier ein, dass man glauben mochte, sie selbst werde von ihm abgerichtet und nicht umgekehrt; das war so ihre Art, die Hündin zu hypnotisieren.

– Seit wann hast du einen Schlüssel?, fragte sie.

– Du hast die Tür offengelassen, Tante.

Ich schwenkte die Tüte mit den Kuchenstückchen.

– Schau, was ich mitgebracht habe. Für nachher, zum Tee.

– Meinetwegen. Komm, ich muss dir was zeigen.

Ich ließ den Kuchen auf dem Tisch liegen und folgte Rita ins Haus. Besonders ordentlich war es zwar noch nie, aber heute starrte es nur so von Schmutz; wohin man blickte: umgekippte Stühle, herumliegende Einkaufstüten und alte Zeitungen. Durch die wegen der Hitze offenen Fenster fuhr der Wind und bildete kleine Staubwirbel. Noch ein paar durch die Gegend tanzende, vertrocknete Ginstersträucher, und das Haus hätte die Kulisse für einen Wildwestfilm abgeben können.

Rita ging auf die Terrasse, stellte eine der Leitern auf, die mein verstorbener Onkel benutzt hatte, um Decken und Wände zu streichen, und wir kletterten hinauf zum Wassertank – was angesichts des Zustands der Leiter sogar für erfahrene Bergsteiger ein waghalsiges Unterfangen gewesen wäre. Ich hatte nicht gewusst, dass mein Onkel neben der Zisterne ein kleines Zimmer mit Wasseranschluss und Plumpsklo gebaut hatte. Wäre es nicht mit Kisten voller alter Sachen vollgestopft gewesen, hätten hier ohne weiteres ein Bett, ein Durchlauferhitzer mit Heizapparat und sogar ein kleiner Tisch Platz gefunden. Rita zeigte auf das Klo, den Waschtisch: Jemand, der von außen versorgt wurde, hätte sich hier so lange verstecken können, wie er wollte. Irgendwie kam mir das Zimmer bekannt vor, aber Rita zeigte es mir, als hätte ich es nie gesehen. Ich öffnete eine der Kisten, und zum Vorschein kamen ein schöner bronzener Kronleuchter, ohne Kabel und Glühbirne, sowie eine Öllampe, wie ich sie bisher nur aus Illustrationen zu *Aladin und die Wunderlampe* kannte. Eigentlich hatte ich Aladins vom Geist bewohnte Lampe immer für eine Teekanne und das Wort Lampe für einen Übersetzungsfehler gehalten, wie sie bei orientalischen Märchen vorkommen. Jetzt stieg Rita auf eine der Kisten, die dabei etwas zusammengedrückt wurde – innen knirschte etwas –, und griff zwischen den Regalen, die wohl einst als Bücherwand gedient hatten, nach einer anderen.

Es war eine Holzkiste, deren offenbar kaputtes Schloss aufsprang, kaum dass Rita daran rüttelte.

– Gehen wir runter, sagte sie; der reine Saustall hier oben.

Und so gingen wir hinunter, obwohl die restliche Wohnung nicht viel anders aussah.

– Hier, sagte sie, als wir wieder auf der Terrasse standen.

Die Sonne stand schon tief und brannte nicht mehr so unerbittlich. Vielleicht gab uns auch die Nähe zur Zisterne, obwohl der Deckel, auf dem wir jetzt standen, sehr heiß war, ein Gefühl von Frische: Als könnte sich das Haus, die ganze Umgebung, auf einmal verflüssigen; schon die Vorstellung tat gut.

In der Kiste lagen Fotos. Rita hatte sie aufgeklappt und stocherte herum, als wolle sie aus den Überresten eines Brathähnchens die letzten Fleischstücke herauspicken; ein mühsames Unterfangen, das ihr jedoch zu gefallen schien. Das eine oder andere Foto entlockte ihr einen kurzen Kommentar: wer darauf abgebildet und wer sonst noch, obwohl nicht im Bild, damals dabei gewesen war, oder wer an dem bestimmten Tag das Fleisch gegrillt hatte. Auf einigen der Fotos war Mama zu sehen, und Rita sagte, mein Onkel habe diese Aufnahmen wie seinen Augapfel gehütet, weil sie für ihn sehr wertvoll gewesen seien, noch auf dem Sterbebett habe er danach gefragt; indem er sie aufbewahrte, sei für ihn gewissermaßen seine Schwester im Zimmer neben der Zisterne lebendig geblieben.

Ich kannte sie alle. Auch das Foto, das Rita jetzt für mich hervorsuchte: Ein Lichtstreif spielt darauf um Mamas Gesicht, auch um das von Papa. Er hatte einen Sonnenbrand, und sie blickt etwas schläfrig in die Kamera, als sei sie eben erst erwacht.

– Schau mal hier, sagte meine Großmutter, und mir schien, sie wolle noch etwas dazu sagen; aber nein.

– Kenne ich schon.

Es war ein Foto aus der Zeit, als sie in Paso del Rey bei Moreno lebten; wo genau, weiß niemand, aber jedenfalls in dieser Gegend, denn einmal fand jemand eine Hin- und Rückfahrkarte Moreno – Buenos Aires, die sie gelöst haben musste, und die Quittung einer chemischen Reinigung in derselben Stadt.

– Hast du nicht gewusst, dass sie dort lebten? Hat dir das nie jemand erzählt? Auch nicht von dem Handgranatenüberfall?

Ich war mir nicht sicher.

– Kann sein, sagte ich. Du weißt doch, dass ich damals …

Aber Rita ließ sich nicht beirren. Ihr zufolge musste auch das nächste Foto in Moreno entstanden sein. Das Licht war grell, im Hintergrund sah man ein Stück Brachland, angrenzend ein paar Hütten mit Fernsehantennen, höher als die meisten hier, drumherum ein notdürftig zusammengehaltener Drahtzaun.

– Wir müssen nach Moreno, sagte sie.

– Wieso?

– Was weiß ich, wieso, aber wir müssen hin.

– Ich habe Kuchen mitgebracht, Tante, magst du nicht? Außerdem habe ich dir auch sonst allerhand zu berichten. Zum Beispiel, dass ich mit den Forensischen Anthropologen gesprochen habe.

Ich versuchte mich zu erinnern, was Darío Ojo damals gesagt hatte, aber es fiel mir nicht mehr ein.

Rita sah nochmals das Foto an und dann mich.

– Du hast die Augen deines Vaters, sagte sie.

– Tante …

– Komm, sagte sie und lief eilig die Treppe in den Patio hinunter. Gerade rechtzeitig, um die Hündin dabei zu erwischen, wie sie, ein Croissant zwischen den Zähnen, ihr Bein an den Stockrosen hob.

– Unbelehrbar, dieses Biest.

Wir gingen vors Haus. Rita hielt das Foto in die Sonne und betrachtete es eine Weile.

– Hier erkennt man überhaupt nichts, sagte sie. Wir müssen nach Moreno. Hast du morgen was vor?

*****

Seit ich das Rauchen aufgegeben habe, halte ich meine Nerven entweder mit Kaffee oder mit Süßigkeiten unter Kontrolle, egal was, mir liegt nichts besonders schwer im Magen, und so schmeckten mir die dick mit Dulce de leche* bestrichenen Churros* an diesem Morgen, bevor ich mit Rita nach Moreno aufbrach, besonders gut. Vormittags hatte ich bei den Anthropologen angerufen und mich mit Darío verbinden lassen.

– Hallo, sagte ich und nannte meinen Namen sowie den meiner Eltern, damit er sich leichter an das erinnern konnte, was ich ihm bei unserer ersten Unterhaltung erzählt hatte. Erst verhaspelte ich mich; aber dann reihten sich die Wörter, ohne dass ich überhaupt nachzudenken brauchte, auf geradezu mysteriöse Weise aneinander, klar und deutlich, obwohl sie doch so lange in einem staubigen Winkel aufbewahrt worden waren.

Wahrscheinlich durchsuchte Darío gleichzeitig seine Datenbank, denn er antwortete mit der größten Selbstverständlichkeit: Aber ja doch! Wie läuft's? Du bist Primo, so nennen dich doch die meisten, oder? Sein hervorragendes Gedächtnis überraschte mich, aber wahrscheinlich war auch mein Spitzname in seinem Computer gespeichert.

– Ja genau, sagte ich. Es ist zwar schon ein bisschen her, seit ich …

– Klar doch. Wir konnten dir damals nicht weiterhelfen, ich erinnere mich, dass …

– Ja, sagte ich, jedenfalls habe ich nie mehr etwas von den Fotos gehört und auch nichts von der Frau in Bahía Blanca, der sie geschickt werden sollten und die möglicherweise zusammen mit meiner Mutter im Campo de Mayo* inhaftiert war ...

Darío bat mich um einen Moment Geduld. Aus dem Hörer war Andenmusik zu hören.

– Also, meldete er sich nach einigen Minuten zurück. Ich habe hier die kompletten Unterlagen. Hatten wir dir das mit den Fotos nicht bestätigt?

– Nicht dass ich wüsste. Es hieß, man würde sie dieser Frau schicken, und falls sie auf einem der Bilder meine Mama wiedererkenne, würde man mich anrufen. Mich interessiert aber nur, ob Sie inzwischen was Neues in Erfahrung gebracht haben. Es ist zwar eine Menge Zeit vergangen, aber diese Dinge, das wissen Sie ja ...

– Naja, räusperte er sich – es klang nach trockenem Mund und schlecht geputzten Zähnen –, laut meinem Dossier hättet ihr euch längst treffen sollen. Sie hat die Fotos deiner Mutter gesehen und sie darauf wiedererkannt. Also hätte sie eigentlich bei dir anrufen sollen – hat sie nicht getan? Hier steht auch, wir hätten dir ihre Telefonnummer gegeben, hast du sie nicht?

– Soweit ich mich erinnere, nein, sagte ich, während ich die weißen Ränder meines Adressbuchs nach Notizen absuchte.

– Ich geb sie dir.

Während ich sie notierte, rief mir jeder Bogen, jeder Strich, jeder Zwischenraum, den mein Kugelschreiber auf dem Papier hinterließ, diese schon einmal aufgeschriebene Nummer in Erinnerung.

– Moment, sagte ich, bevor ich die letzte Zahl notiert hatte, ich habe neue Informationen.

*****

Es war ein kühler Tag, von Süden her wehte frischer Wind, und im Lauf des Abends sollte es noch kühler werden.

– Wir nehmen den Wagen, sagte Rita und gab mir die Autoschlüssel. Kaum eine halbe Stunde später waren wir auf der Autobahn Richtung Moreno.

Unterwegs kam ich noch einmal auf die Forensischen Anthropologen zu sprechen. Während meines Gesprächs mit Darío seien mir ein paar Dinge wieder eingefallen, sagte ich. Zum einen gebe es da diese Frau, die angeblich mit Mama inhaftiert gewesen sei, und dann diese Handgranatenattacke, über die Darío Erkundungen einzuholen versprochen, dann aber gesagt hatte, es sei darüber nichts Genaueres zu erfahren, und nach ihrem Kenntnisstand sei die Geschichte eher unwahrscheinlich.

– Und sie hat trotzdem stattgefunden, sagte Rita. Ihre Vision sei von einer Wirklichkeit und einer Eindrücklichkeit gewesen, die keinen Zweifel offenlasse.

Im stockenden Verkehr auf der Autobahn schienen ihre Worte von den rechts und links sich vorüberschiebenden Autos widerzuhallen und im Gehupe und Motorengebrumm unterzugehen. Als es wieder einmal nicht weiterging, sah ich, wie sie auf die Windschutzscheibe starrte, als habe sie eben etwas Ungeheuerliches entdeckt, einen Vogel vielleicht, der dort aufgeprallt war und dessen Innereien sich ihr als ein Bild darboten, aus dem sich Zukunft und Vergangenheit lesen ließen und auch, was wir unternehmen würden, wenn wir endlich nach Moreno kamen, und was es auf sich hatte mit dem Granatenangriff, bei dem Mama angeblich umgekommen war.

Nachdem wir die Mautstelle passiert hatten, fragte ich sie nach dem Zimmer neben der Zisterne. Sie sagte:

– Primo, dein halbes Leben lang hast du da oben Verstecken gespielt. Deinen Onkel hat es immer ganz krank gemacht, wenn du dich wieder dort verkrochen hattest. Hast du das jetzt auch noch vergessen?

Und dann verriet sie mir endlich, weshalb es diesen Ort überhaupt gab: Mein Onkel hatte ihn als Schlupfwinkel für meine Mutter und meinen Vater gebaut. Benutzt hätten sie ihn freilich nie, dazu sei Mama viel zu starrsinnig gewesen, und Papa habe sich davon anstecken lassen; so starrsinnig, dass mein Onkel in seiner Verzweiflung mitunter, wenn er ein Bad nahm, mit den Fäusten an die Fliesen getrommelt und sich danach mit rot angelaufenen Händen zu uns an den Tisch gesetzt habe.

Ohne nachzudenken, nahm ich wenig später eine Autobahnausfahrt, fuhr dann über eine große Straße in die Stadt und bog danach noch ein paar Mal ab, als folgte ich einem mir wohlvertrauten Weg.

– Bei der nächsten Kreuzung links, sagte Rita.

Einen halben Häuserblock weiter, hinter einer vertrockneten Linde, deren Wurzeln das halbe Trottoir aufgesprengt hatten, war eine chemische Reinigung. Wir stiegen aus. Rita meinte, eigentlich brauchten wir gar nicht zu fragen, aber wir fragten trotzdem. Das Geschäft gebe es seit dreißig Jahren, sagte die Angestellte, und genauso stand es auf jedem Kassenzettel und jedem Empfangsschein der Firma. Der frühere Inhaber, Señor Lee, sei gestorben, fuhr sie fort, und einer seiner Söhne habe das Geschäft übernommen. Sie hätte fragen können, ob wir von der Stadtverwaltung seien, Steuerfahnder vielleicht, oder Immobilienmakler; aber anscheinend sahen weder Rita noch ich wie Beamte oder Häusermakler aus. Stattdessen fragte sie plötzlich, ob wir wegen der Wassergeschichte gekommen seien. Genau das waren ihre Worte, »wegen der Wassergeschichte«, als handle es sich um eine stadtbekannte Angelegenheit.

– Nein, sagte Rita, die inzwischen einen Zettel von einem auf dem Ladentisch liegenden Quittungsblock gerissen hatte und darauf herumrieb, als könne er etwas preisgeben, das uns weiterhalf auf unserem Weg. Dann fragte sie:

– Wo lassen Sie Ihre Kassenzettel drucken? Immer bei derselben Druckerei?

*****

Während Rita weiter an ihrem Zettel rubbelte, um zu entdecken, was sie »die Tintenspur« nannte, fragte ich mich, ob unser Treiben irgendetwas mit dem Tod meiner Eltern zu tun hatte. Wie war es zu erklären, dass mir Rita erst jetzt, und gerade jetzt, in dieser Sache half? Parallelität der Ereignisse, sagte ich mir. In einem der Bücher von Anne Crysler, die sie liest, gibt es ein ganzes Kapitel darüber: Die Dinge geschehen nicht einfach so; wenn zwei Menschen, ohne es zu wissen, gleichzeitig dasselbe tun oder denken, wird das sogenannte synchronistische Prinzip besonders deutlich. Es gibt viele berühmte Beispiele. Crysler führt einige davon auf und beweist anhand von Einzelheiten, dass Personen, die nichts voneinander wissen konnten, gleichzeitig dieselben Gedanken entwickelten. Warum hatte Rita mir gegenüber nie zuvor diesen Kassenschein oder einen Ort namens Moreno erwähnt? Oder hatte sie doch? Aber wie oft waren wir schon nach Moreno gefahren?

Vormittags hatte ich Darío von der Granatengeschichte erzählt, immer wieder unterbrochen durch seine Zwischenfragen nach Dingen, die ich ihm längst erzählt hatte. Bis ich die Andenmusik und das Klackern der Tastatur, die meine Informationen speicherte, deutlicher hörte, als was ich ihm zu sagen versuchte. So war das, möglich, dass er die Sache mit den Granaten überhaupt nicht notiert hatte oder gleich doppelt. Bestimmt nicht, dass ich süchtig bin nach Kaffee und Süßigkeiten; eine meiner Macken, hatte ich gesagt, mehrmals, einmal hatte ich sogar gelacht, aber es wird ihn nicht besonders interessiert haben.

– Hier abbiegen, sagte Rita, und nun fuhren wir einen Neubaukomplex entlang, wo es einen Videoclub, einen Reifenservice und ein einstöckiges Restaurant gab, und ein junges Mädchen, das an einem auf ein paar leeren Milch- und Bierkisten stehenden Bildschirm Tetris spielte; im Hintergrund ein Kastenwagen der Gendarmerie.

– Früher, sagte sie mit geschlossenen Augen, war hier überhaupt nichts. An der nächsten Ecke rechts.

Gleich darauf gab sie mir einen Wink, und wir hielten irgendwo an einem baumlosen Platz. Auf der einen Seite ein paar Lagerschuppen. Gegenüber erstreckte sich die Rückseite eines Supermarkts, der fast den gesamten Block einnahm. Rita befahl mir, einmal herumzufahren, und langsam, der vielen Schlaglöcher wegen, fuhr ich näher, bis ich das Auto auf dem Parkplatz des Supermarkts abstellte.

– Zu den Putzmitteln, sagte die Tante, als wir durch die Schiebetür gingen.

*****

– Wart mal, sagte ich.

– Was ist los?

Eine Hostess hatte mir einen Prospekt in die Hand gedrückt, der günstige Telefontarife versprach.

– Da drüben ist ein Telefonlokal, sagte ich, komm mit.

Ich ließ mir eine Kabine geben, schlug die Tür zu und tippte – während Rita mit geschlossenen Augen, ihre Finger an die Glaswand pressend, draußen wartete – die Nummer, die mir Darío gegeben hatte.

Ein Mann war am Apparat.

– Hier ist Primo, sagte ich. Ich möchte Claudia sprechen.

Und während der Mann anfing, Claudia wohne nicht mehr hier, sie sei ich weiß nicht mehr wo hingekommen, erinnerte ich mich plötzlich an mein erstes Telefongespräch mit ihr. Sie hatte gerade Siesta gehalten, und in ihren Worten vibrierte noch das Licht, das zu dieser Stunde durch ihr Fenster hereinfallen musste. Sie erzählte von der Zeit mit Mama in Córdoba, von ihrer Beteiligung beim Angriff auf das Bataillon 141, und dass sich bis heute niemand erklären könne, weshalb ausgerechnet sie ins Campo de Mayo gekommen sei, während alle anderen Verhafteten in Córdoba geblieben seien; es gab keinen Grund. Ich erinnerte mich jetzt, dass ich Claudia noch ein zweites Mal angerufen hatte. Wir hatten uns in Bahía Blanca verabredet, weil sie damals schon krank war, nicht reisefähig jedenfalls; und wir hatten einander versichert, wie wichtig dieses Treffen für uns sei, wichtiger als alles andere. Doch kaum hatten wir aufgelegt, las ich ein ums andere Mal ihre auf einen Zettel notierte Adresse, mir wurde kalt, ich fröstelte, rieb mir erst die Arme, dann den ganzen Körper, und wenig später hatte ich alles vergessen.

Jetzt aber hätte ich von dem Mann am anderen Ende des Telefons noch gern erfahren, wo Claudia war. Nur wusste er leider selbst nichts Näheres.

– Sie war krank, sagte er, das ist alles, was ich weiß.

Und da auch ich nichts mehr zu sagen wusste, legte er nach einigen Sekunden Schweigens den Hörer auf.

*****

Die Regale mit den Putzmitteln kamen gleich nach der Obst- und Gemüseabteilung und der Fleischtheke, wo sich ein Ehepaar mit dem Metzger stritt, der ihnen zu dicke Salamischeiben abgeschnitten und das für den nächsten Tag geplante Picknick praktisch ruiniert hatte. Für morgen, dachte ich, ist sowieso Regen angesagt, aber wenn sich die Leute streiten wollen, kann man nichts machen.

Rita schritt zielstrebig – Arme ausgebreitet, Hände gespreizt – durch die Auslagen, bis sie vor dem Regal mit den Weichspülern stehen blieb.

– Hier ist es nicht, sagte sie, und ihr Blick verlor sich in einem der Blumenarrangements, dann in dem lachenden Mund und den pechschwarzen Augen eines Kindes, dessen Abbild die preisgünstige Nachfüllpackung irgendeiner Marke zierte.

Am Ende des Warenkorridors machte sie kehrt, um gleich wieder stehen zu bleiben, diesmal vor einer Wand voller Waschbürsten.

– Ich hab mich verirrt, sagte sie. Aber hier irgendwo muss es sein.

Ich lief ihr durch die Fluchten des unendlichen Supermarkts hinterher, griff zwischendurch nach dem einen oder anderen Produkt, um es achtlos im nächsten Regal liegenzulassen, während Rita immer wieder stehen blieb und sagte, hier sei es noch nicht, aber so schnell werde sie die Suche nicht aufgeben.

Am Ende jedoch – wie lange es wirklich gedauert hat, kann ich kaum sagen, eine Stunde oder länger – fanden wir nichts. Während Rita die Gänge auf- und ablief, überlegte ich, ob ich Claudia anrufen sollte; vielleicht wäre ja diesmal jemand am Telefon, der mehr wusste, oder mir fielen Fragen ein, auf die ich noch nicht gekommen war. Bevor wir gingen, erkundigte sich Rita, ob uns jemand etwas Genaueres über den Ort sagen könne, an dem der Supermarkt gebaut worden war. Natürlich hatte niemand die leiseste Ahnung, weshalb ich vorschlug, wir könnten es bei der Gemeindeverwaltung oder auf einer Polizeiwache versuchen; bei der Baubehörde dürften sich zumindest alte Katasterpläne finden lassen und bei der Polizei möglicherweise irgendein Bericht über den Handgranatenangriff.

– Nein, sagte Rita, dafür ist es jetzt zu spät.

– Auf der Polizeiwache können sie uns bestimmt helfen.

– Nein.

Vielleicht hatte sie recht; draußen war es schon dunkel – eine fast undurchdringliche Finsternis –, und es war spürbar kälter geworden. Ein frischer Wind blies uns entgegen. Bei der Polizei verlieren wir nur Zeit, sagte Rita, als wir ins Auto stiegen – wahrscheinlich war sie sowieso schon dagewesen –, wir sollten gleich heimfahren: Die Hündin müsse gefüttert und die Fenster müssten geschlossen werden, damit sie bei diesem Wind nicht in Scherben gingen. Außerdem, dachte ich, muss ich sofort alles aufschreiben, was heute passiert ist, und Darío anrufen, um ihm vom Supermarkt zu erzählen, alles; er wusste bestimmt, was zu tun war.

*****

Während der nächsten Tage schaute ich mehrmals bei Rita vorbei, aber sie war nie zu Hause; wenn ich sie anzurufen versuchte, unterrichtete mich eine Frauenstimme, der Anschluss sei außer Betrieb, weshalb ich mehrmals die Nummer überprüfte und sie so langsam und genau wie möglich nochmals wählte und mir dabei sogar jede Zahl einzeln und laut vorsagte. Aber es kam immer nur die Frauenstimme.

Ich wusste nicht mehr weiter. Zwischendurch schien mir, Rita sei verreist, dann wieder, sie wolle mich aus irgendeinem Grund nicht sehen. Ich weiß nicht, wie viele Tage vergingen; jedenfalls rief ich in dieser Zeit Darío an – er war im Urlaub –, und dann versuchte ich es bei Claudia, aber da kam immer derselbe Mann wie beim ersten Mal ans Telefon; ich wusste nicht mehr, was ich sagen sollte, und legte wortlos wieder auf. Beim fünften oder sechsten Versuch hatte er genug und fing an, mich zu beschimpfen; ich blieb trotzdem stumm, und als ich auflegte, nahm ich mir vor, die Nummer nicht mehr zu wählen.

Ich fing an mir vorzustellen, nichts von alldem, was seit dem Fund des Adressbuchs geschehen war, habe sich wirklich zugetragen. Ich fuhr nochmals nach Moreno – diesmal mit der Bahn – und fand mühelos den Supermarkt wieder. Dort hatte sich inzwischen einiges geändert. Die Putzmittel standen am Eingang, die Fleisch- und Wurstwarenabteilung war wegen Umbau geschlossen. Als ich an der mit einer Bretterwand abgesperrten Baustelle vorüberging, hörte ich eine Frau, die sich mit einer anderen darüber unterhielt, wie schnell sie den Supermarkt wiedereröffnet hätten, nachdem er wegen Einsturzgefahr geschlossen worden sei.

– Sie haben neue Tragbalken eingezogen, sagte sie und wies auf die nun unverkleidete Decke, und wie ich gehört habe, sind auch einige Stützen und sogar die Fundamente verstärkt worden. Sie wollen den Laden nach hinten erweitern, da wo jetzt die Autos stehen, und eine Tiefgarage bauen.

*****

Tage vergingen; eines Morgens, ich hatte verschlafen, riefen sie aus der Bäckerei an, um zu fragen, ob mir etwas passiert sei.

– Verschlafen, sagte ich.

– Und gestern? Und vorgestern?

– Gestern ... weiß nicht mehr. Und vorgestern ...

– Primo, du brauchst erstmal nicht mehr zu kommen. Kann sein, dass wir dich wieder anrufen.

Ich stand auf. Mein Gesicht war schmutzig, die Fingernägel erdverkrustet. Beim Waschbecken lag keine Seife, und als ich den Hahn aufdrehte, floss das Wasser rot wie verrostet aus der Leitung. Auf dem Boden der Badewanne hatte der tröpfelnde Duschkopf Flecken derselben Farbe hinterlassen. Ich wusch mich, so gut ich konnte, und schaute wieder bei Rita vorbei. Es war neun oder zehn Uhr. Der Himmel war wolkenlos, es war heiß und die Straße beinahe menschenleer, als wäre Sonntag oder ein Feiertag. Seit wann musste ich an Sonn- und Feiertagen arbeiten? Immerhin war der Lärm vorbeifahrender Lastwagen und Motorräder zu hören, und sogar die Rufe von Leuten, die ich nicht sehen konnte, die aber irgendwo ihren alltäglichen Beschäftigungen nachgehen mussten.

Als ich bei Rita klopfte, kam sie sofort an die Tür.

– Endlich kommst du, sagte sie und bat mich herein.

Im Spülbecken stapelten sich schmutzige Teller, und nach den in einem Schmortopf klebenden Nudeln zu schließen, sah es hier nicht erst seit gestern so aus.

– Hattest du Leute zum Essen?, fragte ich.

– Nein, sagte sie und nahm einen Beutel mit ziemlich verbrannt aussehenden Brötchen hervor. Ich war verreist.

Sie schnitt ein paar Brötchen auf und schob sie in den Toaster, nachdem sie den Beutel wieder ins Gefrierfach gelegt hatte.

– Möchtest du Toast?

– Entschuldige, dass ich nichts zu essen mitgebracht habe, ich …

– Ich war in Bahía Blanca, sagte sie; schöne Stadt, Strand, Felsen, nette Leute.

Ich fragte mich, ob Rita wirklich nach Bahía Blanca gefahren war oder ob sie stattdessen die letzten Abende mit ihren Freunden von der Meditationsgruppe verbracht und mit ihnen eine Astralreise unternommen hatte. Und wenn sie wirklich hingefahren war, woher hatte sie das Geld für die Fahrkarte? Hatte sie die Telefonrechnung nicht bezahlt? Das konnte sein. Den Einzelheiten in ihrem Bericht nach hatte sie die Stadt und die Plätze, die sie beschrieb, wirklich gesehen; denn um all das zu erfinden …

– Warst du nie in Bahía Blanca?, fragte sie.

– Ich war noch sehr klein, als ich dort war, ich kann mich kaum erinnern …

Während sie weiterredete, versuchte ich mich in jenen Sommer zurückzuversetzen. Meine Großmutter, eine ihrer Nichten und deren zwei Kinder waren dabei gewesen. Die Großmutter war sehr ängstlich, und wenn ich an regnerischen Tagen mit meinen Cousins draußen spielte, in der Baugrube vor unserem Haus, musste ich immer Gummistiefel anziehen, die anderen platschten barfuß durch die Pfützen. Am Anfang machte ich mit, aber dann lief das Wasser in die Stiefel, und ich musste sie allein weitertoben lassen. Eine Erkältung hatte ich mir auch noch geholt, und ich wünschte mir, dass nicht mehr meine Großmutter, sondern meine Tante meine Mama wäre.

Ich erinnerte mich auch an ein leerstehendes Haus nebenan. Keine einzige Fensterscheibe war mehr heil, und wenn der Wind wehte, schlugen die Fensterläden an die Mauern. Manchmal, wenn ich nachts aufwachte, bekam ich Angst von dem Gedanken, es könnte dort jemand leben. Wer hätte an einem solchen Ort hausen sollen? Nur ein Ungeheuer, dachte ich, oder ein sehr schlechter Mensch.

Aber dann wechselte Rita das Thema und fing an, vom Leben der Außerirdischen zu reden und von einem internationalen UFO-Tag.

– Er soll in Atalaya oder Magdalena stattfinden, jedenfalls in der Nähe von La Plata.

An diesem Tag, sagte sie, würden sich an bestimmten Punkten auf dem Erdball Menschen versammeln, um auf das Erscheinen eines UFOs zu warten.

– Und wenn sie nicht kommen? Oder wenn es an diesem Tag bewölkt ist?

– Macht nichts. Es ist die »Welt-UFO-Wache«, und wenn wir an diesem Tag keine Ufos sehen, dann eben beim nächsten Mal. Es gibt einen Kalender für diese Nachtwachen, man braucht nur ein bisschen Geduld und Gottvertrauen. Du musst wissen, dass immer genau die Orte ausgewählt werden, an denen im Verlauf der Geschichte die meisten UFOs gesichtet wurden, keine Kleinigkeit.

Ich staunte, womit sich Rita so alles auskannte. Und nicht nur das, vor allem wie sie alles miteinander in Verbindung brachte, beeindruckte mich. Sie war gewissermaßen der Behälter, in dem die verschiedensten Dinge zusammenfanden. Bevor ich ging, sagte sie, sie sei nach Bahía Blanca gefahren, um die Freundin einer Freundin zu besuchen; die habe Schildkröten, und diese Tiere hätten die Fähigkeit, mit Menschen zu kommunizieren; uralte Schildkröten, durch die es dieser Frau gegeben sei, sowohl mit Vergangenheit und Zukunft – zusammen mit der Gegenwart für Rita Teile ein und desselben – als auch mit außerirdischen Wesen in Kontakt zu treten, die seit jeher eine Art Wächter über das Leben auf der Erde seien.

Ich weiß nicht, weshalb ich sie nicht nach Claudia fragte. Sie hätte auch selbst darauf kommen können. Wahrscheinlich lag es an den Schildkröten. Und vielleicht hatte das ja auch etwas zu bedeuten.

– Komm, sagte sie, ich will dir noch etwas zeigen.

Wir stiegen zur Terrasse hinauf. Dort stand noch immer die Leiter, die wir benutzt hatten, um uns den kleinen Raum neben der Zisterne anzusehen; die Regenfälle der letzten Tage hatten ihm nichts angehabt. Rita kletterte voraus:

– Vorsichtig, sagte sie.

– Vorsichtig, klar, murmelte ich.

Eine der Kisten in dem Raum war inzwischen geleert worden: Ein Leintuch lag darin, mit ein paar Salatblättern.

– Su-sí ... Su-sí ... Su-sí ..., machte Rita, und schon streckte eine kleine Schildkröte ihren Kopf aus dem Abflussrohr.

Der Panzer des Tiers war beinahe schwarz, bläulich gemasert. Es hatte etwas krumme Pfoten und einen im Verhältnis zum Rest des Körpers übermäßig großen Kopf.

– Susí ist die Tochter einer der Schildkröten, von denen ich dir erzählt habe, sagte sie. Die Frau hat sie mir geschenkt, weil wir am selben Tag Geburtstag haben. Solche Sachen passieren, wie du weißt, nicht einfach so.

Ich nickte.

Danach stiegen wir wieder hinunter; ich hatte für mich behalten, was ich Rita eigentlich sagen wollte: dass wir es nochmals im Supermarkt versuchen und diesmal vielleicht die Schildkröte mitnehmen sollten. Weil sie aber so glücklich schien mit ihrer Schildkröte, ließ ich es lieber bleiben.

Wir verabschiedeten uns. Ich wollte nach Hause und das Adressbuch ein letztes Mal durchblättern, um dort vielleicht doch noch eine neue Fährte zu entdecken; und für den Fall, dass sich nichts ergab, wollte ich es an einem sicheren Ort aufbewahren, trocken und vor Insekten geschützt; dann eine Zeit vergehen lassen und später nochmals nachhaken. Auf dem Heimweg – es waren nur ein paar Straßenblöcke, die Sonne brannte – hatte ich auf einmal das Gefühl, als würden die fast weißen Platten des Trottoirs eine nach der anderen verschwinden, bis nur noch der fleckige, zerspaltene Zementuntergrund sichtbar war. Gleichzeitig ballte sich das dunstige Sonnenlicht zu einer fahl glänzenden Masse, wie ein Himmel aus Blei, der die Hitze aufsaugt für einen Regen, der nie fallen wird. Der ganze Himmel war eine Art Strahlung, wie damals, als ich noch rauchte und sich manchmal mein ganzer Körper in Rauch verwandelte. Ich lief schneller, stand endlich vor meiner Tür, riss sie auf und schlug sie unabsichtlich so heftig hinter mir zu, dass die Fenster bebten und, so schien mir, auch die Wände.

Als ich mich nach dem Adressbuch umsah, konnte ich es nicht mehr finden. Ich wühlte in dem Haufen Schmutzwäsche, der kleiner geworden war, wie mir schien, und versuchte mich zu erinnern, wann ich das letzte Mal im Waschsalon gewesen war. Ich kroch über den Boden, sah unter allen Möbeln nach – nichts. War es etwa mit den fehlenden Kleidern versehentlich in die Wäscherei gewandert? Dort hätten sie bestimmt Bescheid gesagt. Wenn sie es nun aber übersehen hatten?

Ich durchstöberte die zum Trocknen aufgehängte Wäsche, und in der Brusttasche des kurzärmligen Hemds, das ich getragen hatte, als wir nach Moreno gefahren waren, fanden sich tatsächlich Papierreste: Es konnte ebenso gut die Bahnfahrkarte wie der Kassenzettel der chemischen Reinigung oder die Quittung für die Autobahngebühren sein. Oder alle drei zusammen. Ich konnte mich nicht erinnern, ob ich auf beiden Reisen dasselbe Hemd getragen hatte.

Irgendwann, dachte ich, kommt das Adressbuch wieder zum Vorschein. Und wenn nicht, dann ein anderes, oder sonst irgendein altes Adressbuch, haufenweise Adressbücher, und alle voller neuer Hinweise.

Bedeutung/Rolle der Tante?

Susana ist in Uruguay

– Noch ein Glas Wein?

– Der schmeckt hier einfach so gut …

– Wie du willst. Und dann könnten sie uns doch gleich noch einen dieser Liegestühle bringen? Diese Stühle sind nicht gerade bequem.

– Machen wir. Hast du zufällig Noemí gesehen? Ich halte seit mindestens einer Stunde nach ihr Ausschau.

– So lange schon? Die wird schon wieder auftauchen, wahrscheinlich hat sie sich mit dem Kellner verquatscht.

– Und die Kinder? Wofür bezahlst du das Mädchen, wenn es nicht auf sie aufpasst?

– Ich hab sie ja selbst von hier aus im Auge, Tante. Sie sind da unten, im Priel am Strand. Camila planscht für ihr Leben gern dort herum, und Pablo vergnügt sich mit seinen Schnecken.

– Hauptsache, er isst keine. Du solltest aufpassen, in der Zeitung stand was von Algenblüte.

– Schau, da kommt Federico. Hast du ihm Geld für ein Eis gegeben?

– Ja.

– Federico, die anderen sind da unten, siehst du sie?

– Komm mal her, na sowas, wirst du nie lernen, Eis zu essen, ohne dich zu bekleckern? Hab ich dir nicht tausendmal gesagt, du sollst um eine Papierserviette bitten? Nicht zu fassen! Na geh, geh zu deinen Cousins, und gib ihnen auch ein bisschen ab, und dass ihr mir ja nicht ins Meer geht, wenn Noemí nicht dabei ist.

– Was liest du da, Tante?

– Dummes Zeug. Jetzt wollen sie uns schon wieder weismachen, ein Krieg sei nötig ... als hätten wir den letzten gewonnen.

– Sagt Hugo auch, er war auch bei der Demonstration auf der Plaza*, und überhaupt.

– Wann kommt er denn?

– Er muss arbeiten. Aber wenn er nicht kommt, dann sicher die Bedels, die Freunde von ...

– Ja, Carlos hat sie kennengelernt, ganz bezaubernde Leute, sagt er.

– Am Wochenende, nehme ich an, oder schon vorher.

– Mir recht, dann sind wir nicht mehr so allein mit dieser Rasselbande ... wäre vielleicht auch der richtige Moment, um Noemí klarzumachen, dass sie uns mit ihrer Schusseligkeit vor diesen Leuten blamiert – die haben doch selbst Kinder, oder nicht? Wenn Hugo doch noch käme, würde er sie kurzerhand zum Teufel jagen.

– Nun übertreib mal nicht. Gibt doch sowieso nicht viel zu tun, und sonst ...

– Wenn es nach ihr ginge, gäbe es nie was zu tun. An welchem Kellner, sagst du, hat sie einen Narren gefressen? Dem Dunkelhäutigen? Oder dem Knochengestell?

– Nein, Tante, das ist der Mann vom Kiosk, der mit dem Bademeister befreundet ist; hab ich dir nicht erzählt, dass ...

– Jetzt hab ich's wieder: der mit der Glatze.

– Ja, und genau deshalb gefällt er Noemí nicht. Aber irgendetwas an ihm findet sie anziehend, vor ein paar Tagen hat sie sich in der Fußgängerzone nach Toupets umgesehen, hast du das nicht mitgekriegt?

– Ein Toupet, grauenhaft! Sowas hat man doch vor Urzeiten getragen.

– Ja, genau, zu deiner Zeit.

– Das glaubst *du*! Aber weißt du noch, als Carlos bei der Handelsflotte war? Damals warst du natürlich noch zu klein, für dich war er immer schon ratzekahl. Aber versuch, dich zu erinnern: Es gab da mal so einen Empfang, ich weiß nicht mehr wo, dein Vater muss auch dabei gewesen sein, vielleicht sogar in Brasilien, im Konsulat eventuell ... Weißt du noch, dass wir ihn dort besuchten? Carlos wollte irgendwelche Geschäfte ankurbeln, erinnerst du dich?

– Ich kann mich an die Botschaft erinnern.

– Nein, das war etwas später, in Panama: Da waren wir auch, aber wovon ich spreche, das muss etwas früher gewesen sein. Mit deinem Vater ging es überhaupt erst in Brasilien so langsam aufwärts: Er war Marineattaché und ... na egal, ich weiß noch, dass es irgendeine große Gesellschaft gab, so muss es gewesen sein, einen Empfang für irgendjemanden, vielleicht trat der neue Botschafter seinen Posten an, etwas in der Art jedenfalls. Ich hatte ein bisschen zu viel getrunken, zugegeben, und stand mit Carlos in einem Kreis mit anderen Gästen und ihren Frauen, und irgendwann ging ich an einen Tisch, nicht weit von uns, um den Gästen die Gläser zu füllen.

– Gab es denn keine Kellner?

– Doch, schon, aber ich muss wohl irgendwie ungeduldig gewesen sein, und als ich allen eingeschenkt hatte und wieder zu Carlos wollte, fand ich ihn nicht mehr. Kahl wie er war, konnte man ihn von hinten einfach nicht erkennen. Ich umkreiste den ganzen Pulk, stell dir mal vor, und später habe ich gedacht: Wie kann man nur eine so kahle Rübe haben, und ihm das, als wir gingen, auch gesagt. Ein Toupet allerdings hätte er sich nie im Leben aufgesetzt. Er war richtig stolz auf seine Glatze und die paar grauen Härchen drumherum.

– Aber Toupets waren damals doch noch gebräuchlicher als heute?

– Ja, schon, es war eben eine andere Zeit. Aber einer wie Carlos hat gern darauf verzichtet.

– Da kommt sie, hab ich's dir nicht gesagt? Es ist eben doch Verlass auf sie.

– Verzeihung, Señora, ich musste auf die Toilette, weil ...

– Du kannst mir ruhig sagen, wenn du was brauchst. Ist dir nicht gut? Aber, hier, die Jungs möchten jetzt gern mit dir baden gehen.

– Sind sie nicht im Priel da unten?

– Ja, aber du kennst doch Federico. Der kriegt nun mal nicht genug davon, mit dir in den Wellen herumzutollen.

– In Ordnung, Señora, ich ...

– Schon gut, hilf mir bitte noch aus diesem Liegestuhl, mir wird sonst noch ganz schwindlig; diese Sonne ...

– Vorsichtig, Señora.

– Da unten sind sie. Komm, Noemí, gehen wir zusammen.

*****

– Und Hugo arbeitet jetzt an einem Staudamm?

– Ja, in der Pampa, einer der Dämme war nicht mehr stabil und musste verstärkt werden.

– Wie lange mag so eine Staumauer halten?

– Keine Ahnung. Aber für die Ewigkeit sind sie nicht gebaut, irgendwann haben sie ausgedient.

– Wahnsinn, wenn man denkt, was sie uns damals in Salto Grande alles erzählt haben. Da steht man unter dieser riesigen Mauer und käme nicht auf die Idee, dass sie eines Tages nichts mehr taugt. Pharaonische Bauwerke sind das.

– Pharaonisch, genau.

– Weißt du noch, Fede, wie wir damals in Salto Grande waren?

– Lass gut sein, Tante; er spielt doch nur.

– Was heißt denn spielen? Der zappelt doch nur rum, zwischendurch mampft er wieder irgendwas, und dann hat er beim Abendessen keinen Hunger mehr. Komm, Federico, hör auf, Pablo zu ärgern.

– Pablo hat angefangen, sieh mal, was er mit meinen Knöcheln gemacht hat.

– Diese Biester. Jetzt reicht's, Pablo, lass deinen Cousin in Ruhe und schau lieber, wo du dein Spielzeug liegengelassen hast. Wenn du nicht ganz schnell aufräumst, gibt's heute Abend keine Pommes frites.

– Und du, Federico, hilf ihm, anstatt blöd rumzustehen. Die Einzige, die sich einigermaßen benehmen kann, ist Camila; da, seht euch mal an, wie sie Noemí beim Geschirrspülen hilft.

– Tante ...

– Ich sag dir, es ist mir schleierhaft, wie ich diesem Racker beibringen soll, mal einen Moment lang ruhig zu sein. Und dabei ist er der Älteste und sollte den anderen ein Vorbild sein. Das Schlimmste ist, dass er sich überhaupt nichts merken kann, schütteln möchte man ihn manchmal, wozu die ganze Mühe, ihm was beizubringen und einen halbwegs zivilisierten Menschen aus ihm zu machen, wenn er die Hälfte gleich wieder vergisst.

– Lass doch, Tante, er ist ein Kind.

– Ich habe mich erkundigt, vielleicht hat er ja wirklich ein Problem. Ich sag dir, zu Hause bringen wir ihn mal zum Neurologen. Ich weiß einfach nicht mehr, was ich machen soll.

– Ich würde noch etwas warten; vielleicht hört er einfach nicht zu, bei Jungs in seinem Alter kommt das vor.

– Im Krankenhaus in Naval gibt es einen sehr guten Neurologen. Der hat schon Carlos behandelt, und dann kam raus, dass er einen Gehirntumor hatte.

– Wie kannst du nur an sowas denken! Du weißt doch, was der Junge durchgemacht hat; man muss ihm Zeit lassen.

– Hat der Psychologe auch gesagt; vielleicht bin ich wirklich zu ungeduldig mit ihm. Egal, ein Gang zum Arzt kann nicht schaden; immerhin war dieser Neurologe der Einzige, der bei Carlos die richtige Diagnose stellte, der Einzige! Erinnerst du dich? Dein Vater hat es bestimmt nicht vergessen, auf seinen Rat ist Carlos schließlich hingegangen. Leider ausgerechnet zu der Zeit, als sie fast alle Ärzte – die besten jedenfalls – in den Süden geschickt hatten, wegen dem Krieg. Carlos hätte sonst bestimmt überlebt, davon bin ich heute noch überzeugt.

– Komm, reg dich nicht auf, das war damals, jetzt müssen wir vor allem überlegen, was aus dem Jungen wird.

– Du hast recht, meine Liebe. Und eure Freunde, wann genau kommen die wieder? Weißt du, ich habe nachgedacht, ich glaube, ich hab sie doch schon mal irgendwo getroffen ...

– Kann sein. Wollen wir eine Flasche Wein für heute Abend kaufen? In einer halben Stunde ist Essenszeit.

– Ja, lass uns gehen.

*****

– Schlafen sie schon?

– Noemí erzählt ihnen noch ein bisschen vom Leben auf dem Land.

– Aber sie kommt doch aus Merlo. Redet sie nicht dauernd von Merlo?

– Ja, aber von Merlo de San Juan, oder de San Luis*, eins von diesen gottverlassenen Nestern.

– Ach, mein Gedächtnis. Stimmt natürlich, wo sie doch immer von dem kleinen Fluss und den Bergen redet; bin ich blöd.

– Du hast schon die halbe Flasche geleert?

– Nicht alles, du hast ja auch was getrunken ...

– Einen kleinen Schluck vielleicht, Tante; aber heute Abend kann wieder mal keiner mit dir mithalten.

– Von mir aus, genau wie gestern. Wie konntest du nur diesen Whisky mitbringen? Das letzte Mal, als ich sowas getrunken habe ...

ich kann mich schon gar nicht mehr erinnern. Carlos liebte das Zeug. Der mit dem roten Etikett?

– Schwarz.

– Genau, ist ja wohl nicht verboten. Vergiss nicht, dass ich mir mit meiner Rente gerade einmal pro Woche eine Putzfrau leisten kann. Und würde Federico nicht immer diesen Saustall anrichten, würde ich auch allein zurechtkommen.

– Hatte Carlos keine Lebensversicherung?

– Nichts hatte er, nur Schulden. Und die Wohnung muss ja schließlich irgendwie in Schuss gehalten werden. Ich habe mir schon überlegt, ob wir nicht besser in eine kleinere umziehen, dann könnte ich sogar das Auto reparieren lassen, das steht nur noch herum.

– Verkauf es doch lieber.

– Verkaufen? Nie und nimmer. Immerhin ein Auto! Noch dazu ein sehr gutes, und wenn uns die Riggios in ihr Landhaus einladen, setze ich mich doch wieder ans Steuer. Ich fahre natürlich langsam, schon weil Federico sonst schlecht wird, und wenn ich ihm vorher nicht eine Tablette geben würde, damit er sich nicht übergibt, würde genau das garantiert passieren. Aber diese Ausflüge liebt er mehr als alles auf der Welt. Sobald er ein Pferd sieht, strahlt er übers ganze Gesicht…

– Susana ist auch geritten, oder?

– Genau wie Carlos, vererbt sich anscheinend. Die waren immer in Palermo*, mit dieser kleinen Stute, Dolores, oder sie sind zusammen in die Wälder ausgeritten. Und natürlich im Hípico*. Susana war Jugendmeisterin, ganz närrisch.

– Ja, ein bisschen davon habe ich mitbekommen. Noch ein Glas?

– Ja, gern, meine Liebe. Landesmeisterin, stell dir vor. Aber dann musste sie es aufgeben, denn um weiterzumachen, hätte sie ein besseres Pferd gebraucht, und was das allein an Unterhalt kostet, es war zu viel für sie.

– Aber die Riggios haben doch Pferde …

– Die kannten wir damals noch nicht, und reich wurden sie erst später, ich glaube unter Onganía*. Hatten sie alles Carlos und deinem Vater zu verdanken. Dieser Riggio war ein gerissener Kerl. Kaum hatte er die richtigen Beziehungen, kam er mit diesen Brasilianern ins Geschäft – Holz, Papier, erinnerst du dich? Dein Vater wird sich noch erinnern.

– Ja, bestimmt. Ich muss ihn mal fragen, er erinnert sich ja praktisch an alles. Guter Wein, findest du nicht?

– Köstlich.

– Mir ist aus diesen Jahren eigentlich wenig in Erinnerung geblieben, damals war mir der ganze Familienkram ziemlich egal. Außerdem war das die Iran-Zeit. Mit meinem Leben hatte das alles herzlich wenig zu tun.

– Aber fingst du nicht in der Zeit auch an zu arbeiten?

– Etwas später, ja.

– Na klar, du warst ja schon vorher gekommen, ich erinnere mich noch an den Brief deines Vaters. Er bat mich inständig, eine Stelle für dich zu finden. Ich glaube, das Wort kam in dem Brief mindestens fünfmal vor – inständig, inständig … Drollig, nicht? Den Brief muss ich noch irgendwo haben. Weißt du, wie ich Carlos bearbeitet habe, damit er dich bei der Zeitung unterbrachte?

– Ja, schon …

– Er hat sich sehr für dich eingesetzt. Zwei- oder dreimal hat er den Herausgeber aufgesucht und sich beiläufig ein Bild von der Stimmung dort gemacht, all diese Dinge, die deinen Vater und übrigens auch Carlos so bekümmerten, damit dir dort ja nichts … was weiß ich. Du hast ja dann selbst gesehen, wie Journalisten so sind.

– Na hör mal, Tante, immerhin habe ich Hugo bei der Zeitung kennengelernt.

– Aber der ist doch Ingenieur?

– Naja, waren schwierige Zeiten für ihn, frisch geschieden, er war völlig fertig. Irgendwann mal habe ich dir das sicher erzählt. Haben wir nicht gestern erst darüber gesprochen?

– Kann mich nicht erinnern. Na gut, jedenfalls ... worüber haben wir gesprochen?

– Weiß nicht, über Susana, und wie sie sich ... dass Onkel Carlos es ungern sah, dass sie ...

– Darüber haben wir gesprochen?

– Mehr oder weniger, ja. Weißt du, wie Susana in diese ganze Geschichte hineingeriet?

– Tja ... wie soll ich's dir erklären? Du weißt ja, wie sie war, vollkommen idealistisch, kämpfte für ihre Ideen und gegen die Ungerechtigkeit der Welt. Carlos hatte dafür überhaupt kein Verständnis. Dem brauchtest du bloß ein Pferd vor die Nase stellen, und schon war er wunschlos glücklich. Ein Pferd oder ein Schiff. Hast du gewusst, dass er immer ohne Lotsen in den Hafen von Buenos Aires einfuhr? Nichts fand er schöner, als am Ruder zu stehen. Als ob er in einen anderen Körper schlüpfte. Wenn er an Bord ging, wurde sein Händedruck fester, seine Augen fingen an zu glänzen, und er schnaufte, dass es nur so rasselte, aber gleichzeitig ruhiger, verstehst du? Für ihn war das alles wie ein Traum. Und wehe, jemand kam ihm mit Politik oder Geschäften! Am besten, man sprach ihn auf überhaupt nichts an. Seefahrt war sein Ein und Alles. Später, bei der Handelsflotte, genau dasselbe. All diese Cocktailparties waren ihm ein Greuel. Dort ging es eh nur darum, wer wem welchen Gefallen getan oder zu welchen Privilegien verholfen hatte, oder verhelfen könnte. Dein Vater hat tausendmal versucht, für ihn lukrative Geschäfte einzufädeln, Import, Export, alles auf dem Silbertablett. Aber Carlos interessierte das einfach nicht. Tja ...

– Tja ...

– Haben wir nicht noch eine Flasche Wein da?

– Mal sehen, ja, hier. Ein Chablis, nichts Besonderes, aber …

– Na dann ein Chablis, um den Abend abzufedern …

– Genau. Und … wie war das nun mit Susana?

– Kannst du mir ein bisschen einschenken, bitte?

– Gut so?

– Ja, danke, schon der Anblick macht mich schläfrig.

– Bist du sehr müde?

– Geht so.

– Bisschen viel Strand heute, für unser Alter, stimmt's?

– Ich bin eben schon eine richtig alte Frau.

– So alt nun auch wieder nicht, Tante, und du hältst dich doch prima. Wie spät wird es sein?

– Mal sehen … kurz vor eins. Und morgen kommt also Hugo?

– Nein … das heißt, vielleicht.

– Dann könnten wir jetzt schlafen gehen, schau nach, ob er früher kommt, oder ob die Bedels kommen …

– Die würden vorher anrufen.

– Nur für alle Fälle; war einfach eine Vermutung …

– Keinen Wein mehr also …

– Lass gut sein.

*****

– Ein Bär?

– Ein Bär.

– Und wie kamst du dazu?

– Er war mein Haustier. Ich nannte ihn Coca-Cola.

– Dein Vater war immer ein bisschen verrückt, wie? Ein sehr spezieller Mann …

– Kann man wohl sagen. Und der Bär rollte sich auf den Boden und trank Coca-Cola aus der Flasche. Lag da, umklammerte mit den

Vorderpfoten den Flaschenhals, und dann setzte er die Flasche an – so, siehst du? – und nuckelte daran. Hugo sagt, mit dem hätten wir Werbung machen sollen; stell dir mal vor, was ich mit dem hätte verdienen können, mit einem Bären, der Coca-Cola trinkt.

– Großartig, einfach großartig!

– Im Iran war alles so ... so ungewöhnlich.

– Und was ist aus dem Bären geworden?

– Er kam in einen Zoo.

– Klar, mitnehmen konntest du ihn nicht gut.

– Ich war ganz vernarrt in meinen Bären, problematisch wurde es erst, als er beinahe den Schah gefressen hätte.

– Jetzt hör aber auf!

– Nein, ganz im Ernst. Er hätte sich fast auf den Schah gestürzt, da haben sie ihn in einen Zoo gegeben. Zum Glück haben sie ihn nicht getötet, denn nun hieß es natürlich, er sei gemeingefährlich. In Wirklichkeit hat sich nur der Schah so blöd angestellt. Ich sagte, er solle ihm nicht zu nahe kommen, denn Coca-Cola dulde nur seine Herrin, das heißt mich, in seiner Nähe. Aber er war eben der Schah, verstehst du? Und warum sollte sich ein junges Ding wie ich, denn für den Schah war ich bloß ein junges Ding, dem Bären nähern können und er nicht? Und dann wäre er beinahe von ihm ... He, schau dir mal das an ...

– Modeschmuck.

– Sieht aber echt aus ...

– Mädchen, sieht doch ein Blinder, dass das alles Flitterkram ist.

– Die haben hier echte Steine, sie geben sie meiner Mutter, und die macht daraus diese Reifen und Ringe und Anhänger, alles ganz billig, Sie können unverbindlich danach fragen und sie anprobieren.

– Und das wäre also ein Diamant?

– Ein Diamant.

– Hör mal, meine Liebe, meine Nichte und ich wissen nur zu gut, dass ...

– Ach komm, Tante.

– Gut, aber sie sollen dich nicht anschwindeln, das ist eine Frechheit, so jung und ...

– Jetzt ist sie weg, wie findest du das?

– Ja, aber wenn man die Leute zum Besten hält ... ich finde das unmöglich. Ich schwöre dir, ich schäme mich richtig für sie. Man kann doch die Dinge erklären, wie sie sind, oder wenigstens ... wie in Neapel, wo sie diese Krüge ins Meer werfen, die man dann für römisch halten soll. Und bei meinem ersten Besuch in Griechenland, es ist kaum zu fassen, habe ich mir doch tatsächlich einen angeblich vom Parthenon stammenden Steinbrocken andrehen lassen; der Typ hatte ihn mir schon so gut wie verkauft, und hätte nicht der Reiseführer eingegriffen, so ein netter Junge ... Man muss einfach sagen, diese Griechen sind so eine Mischung, sie sind so ... So wie ja auch die Italiener etwas haben, aus dem man nicht ... wie soll ich sagen?

– Du hättest in den Iran gehen sollen, Tante, das ist ein ganz besonderer Menschenschlag. Rein arisch, ich glaube es sind Zoroastrier, Zoroastriker, ich weiß auch nicht mehr genau.

– Reinrassige Arier?

– Du kannst dir nicht vorstellen, was das für Typen sind, mit diesen feinen Gesichtszügen, die Haut fast kupferfarben, die Augen grün ... ein seltsam leuchtendes Grün, und fast rotbraune Haare, fast so ... fast richtig rothaarig, wenn du weißt, was ich meine. Die haben sich nie vermischt, nie mehr seit ... was weiß ich, seit dem fünften Jahrhundert oder so; man sagt, es seien die Nachfahren von Zarathustra. Zarathustra stammte von dort, stimmt doch, oder? und wurde etwa um fünfhundert geboren.

– Vor Christus?

– Und ...

– Carlos haben sie mal ein Buch geschenkt, *Die kosmische Rasse*, das handelte glaube ich genau von solchen Dingen.

– Kenn ich nicht.

– Ich weiß auch nicht mehr genau; ein Mexikaner, der sich für irgendwelche Geschäfte mit der Handelsflotte interessierte, hat es ihm gegeben. Wunderschönes Buch. Aber Zarathustra hat doch nichts mit Mexiko zu tun, oder?

– Es war doch ... Nach Amerika eingewandert sind sie ja von da, na klar, der Mensch kam aus Asien, also gibt es vielleicht wirklich einen Zusammenhang, denn wenn sie übers Meer kamen ... Ich weiß es nicht. Stell dir mal die Entfernung vor, das wäre, eine Reise muss das gewesen sein ...

– Ja, müsste man sich alles mal anschauen ... Aber das war's ja eben, weshalb Carlos nie gehen wollte, die Reise war ihm zu lang, zu umständlich, und die Kinder waren damals noch so klein.

– Nur mal angenommen, sie haben was mit der kosmischen Rasse zu tun, ... rein energiemäßig waren diese Typen irgendwie ... musst du dir mal vorstellen. Vor allem diese feinen Gesichtszüge; die haben dort alle ein Gesicht, wie aus Fels gemeißelt, und rundherum lauter Wüste ...

– Ich kann's mir vorstellen.

– Ja, sie strahlen eine Energie aus, die ...

– Schau mal dort, Federico, ist das nicht ein bisschen gefährlich, was er mit Camila macht?

– Komm, wir gehen mal hin und sehen, was die da treiben, zieh dir die Sandalen an, bis ans Meer hinunter verbrennt dir sonst der Sand die Fußsohlen.

*****

– Was gibt's zum Abendessen?

– Ich habe Noemí gesagt, sie soll Spargel kaufen. Die Kinder können nicht genug davon kriegen. Und dann ... von gestern ist noch ein ganzer Hackbraten übrig. Dazu gibt es Kartoffelbrei, Noemí macht das, wenn sie zurückkommt.

– Aber Federico kann Spargel doch nicht …

– Wie? Aber es hieß doch, Federico isst einfach alles?

– Außer Spargel, den mag er nicht, und Paprika auch nicht; er sagt, ihm wird davon schlecht. Das mit dem Spargel kommt daher, dass er einmal Glas verschluckt hat. Letzten Sommer, als wir das Haus in La Falda gemietet hatten, hat er ein großes Fenster zerbrochen und hatte überall Schnittwunden, du kannst dir nicht vorstellen, wie er blutete … Im Krankenhaus haben sie gesagt, wegen der Glassplitter, die er dabei möglicherweise verschluckt habe, müsse er möglichst viel Spargel essen, denn Spargel hat diese Fasern, kennst du ja, so Ballaststoffe, die anscheinend dafür sorgen, dass die Splitter im Bauch nicht allzu viel Schaden anrichten. Ein, zwei Monate lang aß er fast nur noch Spargel.

– Übertreibst du nicht ein bisschen?

– Er mochte ihn wirklich. In den ersten Wochen verschlang er seinen Spargel geradezu begeistert, aber der Arzt hatte gesagt: zwei Monate. Und irgendwann konnte er ihn nicht mehr sehen, also habe ich ihn mit Kürbis gefüttert, Kürbis, immer wieder Kürbis, Ballaststoffe jedenfalls. Spargel aber rührt er bestimmt nicht mehr an; wenn er ihn nur sieht, wird ihm schon schlecht.

– Weil es ihn außerdem an seinen Unfall erinnert.

– Kann sein. Komm mal, Federico, zeig deiner Tante, wo du dir weh getan hast.

– Siehst du, hier.

– Fünf Stiche haben sie gemacht.

– Fünf Stiche am Kopf? Bist du aber tapfer!

– Ja, aber geweint hab ich trotzdem.

– Na, wer wird auch nicht weinen, bei fünf Stichen? Als Camila geboren wurde, bekam ich drei, und das tat ganz schön weh.

– Hast du auch geweint?

– Wie hätte sie denn? Sie war ja schon erwachsen, und überhaupt ... Und jetzt ab mit dir, Camila ruft dich, aber pass auf, dass du sie nicht noch einmal wie vorhin am Strand über den Haufen rennst, da könnt ihr euch nämlich auch ganz schön weh tun.

– Hab ich dir gesagt, dass heute die Bedels angerufen haben? Sie kommen doch nicht. Frühestens nächste Woche, wenn wir schon fast abreisen.

– Sehr schlau von ihnen.

– Allerdings. Aber vielleicht musste es ja so kommen. Und vielleicht fühlen wir uns ja ohne sie eh wohler. Ich hab's dir nie gesagt, Tante, aber die Monate bei dir, nach der Rückkehr aus Iran, fand ich immer, ich weiß nicht ... wie soll ich sagen, irgendwie besonders. Du warst damals wie eine Mutter für mich. Und Carlos, der immer so besorgt war ... Ein Wiedersehen wie das hier war doch wirklich schon lange fällig. Und mit den Kindern jetzt und all dem Kram, um den man sich zu kümmern hat, man ist doch ganz schön eingeschränkt, wie gefesselt.

– Mit den Kindern nimmt es nie ein Ende. Seit ich geheiratet habe, kümmere ich mich um nichts anderes. Das heißt, seit Cristina zur Welt kam, dann Susana, dann Horacito. Und jetzt noch dieser hier, wie findest du ihn?

– Nimm's wie eine Bestimmung, Tante, für mich hast du ja auch gesorgt, denk doch an das Jahr zurück, als ich bei dir war, und dann noch als Tochter eines Botschafters ... das muss ziemlich unerträglich gewesen sein.

– Mit deinem Bruder war's schlimmer. Deine Probleme waren ein Klacks verglichen mit Daniels Katastrophen. Außerdem warst du schon älter. Daniel war noch keine zwölf, als er zu mir kam, gerade auf die Mittelschule gekommen, du kannst dir gar nicht vorstellen, wie das war.

– Doch, kann ich.

– Nein, kannst du nicht. Manchmal denke ich, wäre nur …

– Es scheint nun mal deine Bestimmung zu sein, Tante, eine andere Erklärung dafür gibt es nicht.

– Tja, so ist es wohl.

*****

– Hat sie nicht Philosophie und Literatur studiert?

– Soziologie.

– Ach, ich hatte gedacht …

– Wäre ihr nicht im Traum eingefallen, für sie war das ein Fach, das nur Zimperliesen und Memmen belegten, wie diese Freundin von ihr, die uns manchmal besuchte und sich grundsätzlich nur im Diminutiv ausdrückte, Händchen, Köpfchen, Susana hat das ganz krank gemacht.

– Sie konnte schroff sein, ließ sich nicht leicht überzeugen. Sehr idealistisch, oder?

– So idealistisch wie starrsinnig. Sie sagte, sie lerne in ihrer Gruppe mehr als an der Uni, darum gab sie ja dann auch das Studium auf.

– Na, ein bisschen was wird man ihnen schon beigebracht haben. Als ich Susana zum letzten Mal sah, fand ich sie sehr verändert …

– Aber wie denn, wenn sie nicht einmal über Dinge Bescheid wusste wie … Einmal fragte sie mich, was eigentlich Mehrwert bedeute. Schien ein ziemlich wichtiger Begriff zu sein. Ich konnte ihr auch nicht viel mehr dazu sagen als … als dass da irgendwas vermehrt wird, ein Mehr zum Wert kommt. Dabei ist es wohl um einiges komplizierter; haben die ihr das nicht besser erklären können?

– Mehrwert, das ist von Marx.

– Kann ich mir denken. Peronisten* waren sie bestimmt nicht. Aber dreiundsiebzig* haben sie trotzdem Perón gewählt, das eben doch. Susana wollte den anderen einfach immer ein wenig voraus sein, noch radikaler, weißt du, was ich meine? Ihre Brüder waren Peronisten, sie aber nicht, sie musste immer was Besseres sein, verstehst du? Und dann hat man ihnen eine Gehirnwäsche verpasst oder was auch immer, was weiß ich. Seit jener Elsio anrief, oder Elvio oder wie auch immer, haben wir nie mehr etwas von ihr gehört. Aber wenn du mich fragst, ist sie in Uruguay, dort soll es nur so wimmeln von Exilanten.

– Tante, in Uruguay bringen sie die Leute genauso um wie hier.

– Na gut, Uruguay, Paraguay, Brasilien, vielleicht ist sie sogar nach Spanien gegangen. Überleg doch mal, in Uruguay ist alles ganz anders, dort kennt sie kein Mensch. Und überhaupt, wozu sollten sie sie denn umbringen. Susana hat von Konzentrationslagern gesprochen und von weiß der Teufel was sonst noch, glaubst du das wirklich? Es gibt Vernichtungslager, sagte sie.

– Tante, bei der Zeitung bekamen wir massenhaft Hinweise, mehr als einmal musste ich ... Einmal meldete sich zum Beispiel jemand vom ERP, nannte ein Losungswort und den Namen einer Bar im Stadtzentrum, wo ich hinkommen sollte. Auf der Damentoilette fand ich einen Zettel mit einer Namensliste. Lauter Namen von Leuten, die verschleppt worden waren. Immer wieder kam das vor.

– Na hör mal, Carlos kannte sich doch bestens aus in diesen Dingen. Er sprach damals doch sogar mit diesem Admiral ... an den Namen kann ich mich nie erinnern, aber jedenfalls haben sie ihm gesagt, niemand habe je irgendetwas davon gehört. Und wenn niemand etwas von solchen Dingen wusste, heißt das, dass sich Susana ins Ausland abgesetzt haben muss. Warum immer gleich an das Schlimmste denken? Das sollte man sowieso nicht – nie! Lässt sich überhaupt etwas Schlimmeres denken, als dass sie im Gefängnis sitzt? Und wenn es so wäre, warum sagen sie nicht, wo? Ist doch nicht zu viel verlangt ...

– Bei der Zeitung haben wir einiges mitgekriegt, Tante, die schuldeten uns viele Gefallen, beide Seiten.

– Aha, na sieh mal an ... Warst du denn für Kriminalberichterstattung zuständig?

– Das nicht, aber manchmal konnte man ...

– Mein liebes Kind, ich habe deine Sachen manchmal gelesen, als du bei der Zeitung warst, und die handelten allesamt ...

– Hugo hat auch bei der Zeitung gearbeitet.

– Wollte uns Hugo nicht besuchen kommen?

– Vielleicht.

– Wenn er kommt, können wir ihn fragen ...

– Von mir aus, ich wollte nur ... Und es geht ja auch nicht ...

– Schon gut, meine Liebe, gestern war der Wein besser, stimmt's? und falls Hugo morgen nicht kommt, besorgen wir uns wieder so einen.

– Ja, gut, wir müssen ohnehin zum Supermarkt, da kaufen wir wieder einen guten.

*****

– Noch einen?

– Ich weiß nicht, heute bin ich etwas ... ein bisschen nervös.

– Lieber was anderes?

– Vielleicht, ja, ich könnte einen dieser Drinks bestellen, die ...

– So einen wie Noemí?

– Da ist bestimmt Mandarine drin, oder? So wie er riecht.

– Und das mit deiner verstopften Nase, Tante. Sogar Federico fragte nach den Mandarinen, als er Noemís Atem gerochen hatte ...

– Er hat eben eine gute Nase. Hab ich dir erzählt, wie er einmal meine Schlüssel fand, nur weil sie nach Parfum rochen?

– Wie das?

– Das will ich dir sagen. Der Junge ist ein Goldschatz. Er hat meine Schlüssel buchstäblich erschnüffelt. Ich weiß nicht, wie ich sonst an dem Abend hätte ausgehen können. Sie lagen unter dem Teppich, den uns dein Vater geschenkt hat, dem Perser.

– Die sind toll, diese Teppiche.

– Wunderschön, ja. Aber nun sag mal: Wie kann sich Noemí diese Drinks eigentlich leisten? Was verdient sie denn bei dir?

– Ach, wahrscheinlich lädt sie der Kellner ein. Für sowas wird sie ihr Geld nicht ausgeben, schon gar nicht hier, wo alles so teuer ist.

– Dann ist sie also mit dem schon richtig verbandelt?

– Sieht so aus.

– Geht aber ganz schön schnell bei denen, hm ...?

– Bei ihr geht alles schnell. Hast du gesehen, wie ihr die Kinder aus der Hand fressen? Und Camila, die lässt sich nicht so leicht umgarnen ...

– Sieh dich vor, dass du bei dem Tempo nicht am Ende eine böse Überraschung erlebst.

– Sie hat gute Empfehlungen, Tante, und so blöd wird sie nicht sein.

– Ich habe den Eindruck, dass Camila auch Federico aus der Hand frisst.

– Sie kommen doch gut aus miteinander. Schade nur, dass sie sich dann immer mit Pablo anlegen. Und sag selbst, er ist doch ein so guter Junge ... Außerdem bemerkenswert selbständig. Hast du ihn gestern gesehen, bei der Baugrube da vorn? Die von nebenan hatten anscheinend ihren Swimmingpool geleert, der ganze Graben wurde überschwemmt, und nun spielte er da, ganz allein, warf ein paar Zweige ins Wasser und schaute zu, wie sie davontrieben.

– Was willst du, Federico?

– Geld.

– Und wofür willst du Geld? Ein Eis gibt's noch nicht.

– Nicht für ein Eis. Da hinten kommt das Mädchen, das diese Armbänder verkauft, und ich möchte gern eins für Camila, eins, das ihr gefällt, bloß dass sie sich nicht traut, selbst darum zu bitten.

– Wo ist denn nun ...

– Lass gut sein, Tante, ich geb's ihm schon.

– Das fehlte noch. Willst du es selbst kaufen gehen?

– Ja, mach schon, sonst ist sie plötzlich weg und ich finde sie nicht mehr.

– Da, und dann bringst du mir gleich das Wechselgeld, ich brauche es für ... Gleich wiederbringen, ja?

– Er hat schon seinen eigenen Kopf ...

– Ist noch ein Knirps und hofiert seine Cousine, als wäre ...

– Komm, sei nicht so altmodisch. Kommt doch immer wieder vor, zwischen Cousins und Cousinen, selbst in den Königshäusern sind sie alle irgendwie blutsverwandt ...

– In den Königshäusern, klar ...

– Und auch bei ganzen Volksstämmen, Tante, wie soll man sich das mit den reinrassigen Ariern sonst erklären? Die heiraten doch bestimmt seit Jahrhunderten untereinander.

– Seit Jahrhunderten, hm?

– Gibst du mir mal bitte die Sonnencreme?

– Hier, ist kaum noch was übrig, wir müssen neue kaufen. Am besten, wenn wir diesen Wein holen gehen ...

– Stimmt, heute suchen wir uns einen guten aus.

*****

– Es ist zwar Samstag, aber heute Abend kann ich ihr unmöglich freigeben.

– Können schon, vielleicht willst du bloß nicht.

– Tante ...

– Ich hatte mal eine, der hab ich jeden Samstag freigegeben. Ein tüchtiges Mädchen, flink und gewissenhaft. Sie kam aus Catamarca, wo sie Ziegen gehütet hatte. Unglaublich, wie schnell die alles kapierte. Als ich sie einstellte, hatte sie noch nie einen Gasherd oder ein Bidet gesehen, kannte nichts als die nackte Erde, aber es verging kein Monat und schon hatte sie alles im Griff. Daneben nahm sie sogar noch einen Gitarrenkurs, bei einer Nonne. Zuerst strahlte sie vor Glück über den freien Samstag, aber mit der Zeit wusste sie gar nichts mehr damit anzufangen und bat mich selbst darum, ihr nur noch am Sonntag freizugeben. Sie besuchte dann ihre Verwandten, die in Morón lebten, oder in La Matanza, irgendwo in der Gegend.

– Aber sie hatte nicht frei, weil sie nicht freihaben wollte. Das ist nicht dasselbe.

– Mag sein, aber für mich war es natürlich besser so. Du könntest es ihr jedenfalls vorschlagen, das kostet dich nichts.

– Wenn wir wieder zu Hause sind, Tante; was würde es jetzt schon bringen?

– Na gut, wenn Noemí nicht da ist, müssen wir uns eben selbst um die Kinder kümmern. Übrigens: Wenn sie Samstag für Samstag ausgehen, sind sie früher oder später schwanger. Meiner habe ich Punkt für Punkt erklärt, wie das läuft. Jemanden nach Hause abschleppen kommt nicht in Frage. Ich hab ihr genau erklärt, wie sie sonst auf sich achtgeben sollte, und überhaupt.

– Der da ist toll. Welcher Jahrgang? Ah, da steht's. Sehr gut, wirklich. Von dem nehmen wir eine Flasche oder zwei, und außerdem könnten wir ... Schau mal diesen Gin, so einen habe ich seit Ewigkeiten nicht gesehen. Da müssen wir zugreifen, Hugo wird sich auch darüber freuen ...

– Du willst mich wohl heute Abend unterm Tisch liegen sehen? Vergiss nicht, dass wir ohne Noemí nach den Kindern schauen müssen.

– Die bringen wir schon dazu, dass sie schlafen, Tante. Im Übrigen habe ich Noemí gesagt, sie darf erst gehen, wenn sie eingeschlafen sind.

– Na dann ... Aber ob nicht Hugo vielleicht doch schon heute Abend kommt?

– Das glaube ich kaum, an diesem Staudamm arbeiten sie Tag und Nacht, er könnte ja jederzeit brechen. Ich habe heute mit ihm gesprochen, bestenfalls kann er die letzten Ferientage hier verbringen und dann mit uns nach Hause fahren. Und wenn schon: Glaubst du, es würde ihm was ausmachen, uns hier leicht beschwipst vorzufinden? Als wir uns kennengelernt haben ... na, wozu soll ich dir das erzählen.

– Erzähl schon, mein Kind, wie war das genau?

– Moment, wir brauchen noch Tonic und Zitronen, bevor das hier völlig überlaufen ist. Stell du dich an der Kasse da an, ich hole inzwischen die Sachen. Dann erzähl ich's dir.

*****

– Ist dir nicht gut?

– Geht schon vorüber.

– Da, nimm einen Schluck Zitronenwasser.

– Danke, es ist bloß ...

– Ganz langsam trinken, Tante. Warum lehnst du dich nicht etwas zurück?

– Ja, gern.

– Sachte, den Kopf kannst du hier aufstützen ...

– Vielen Dank, meine Liebe, es ist ... Carlos wurde da drüben einmal ein Grundstück angeboten, und danach musste er das ganze Gelände neu aufforsten. Aber er ... Du weißt ja, dass er nicht der geborene Geschäftsmann ist. Eine Menge Hektar ohne Baum und Strauch, nicht weit vom Río Uruguay in ... wo war das noch? Carmelo? In der

Nähe jedenfalls, ja, Uruguay. Die sind ja so nett, die Uruguayer … Mir wäre ein Grundstück in Punta del Este* lieber gewesen, aber er war wieder mal nicht von seiner Idee abzubringen … Ein Starrkopf, wie Susana. Und Schiffe. Auf Schiffe verstand er sich. Er war ja mal bei der Handelsflotte gewesen … Ist noch Zitrone übrig?

– Ich bring dir gleich welche.

– Ich weiß nicht, warum er sich auf Dinge einließ, von denen er nichts verstand. Diese Bäume, aus denen am Ende … Hätten wir damals das Grundstück in Punta del Este gekauft, könnten wir uns jetzt in unserem Haus dort einrichten, es ist ja auch nicht besonders weit, oder?, an einem Tag fährt man hin und zurück. Susana könnte uns besuchen kommen oder sogar bei uns wohnen. Ja. Und wir hätten uruguayische Freunde, diese netten Menschen …

– Was hast du gesagt, Tante? Da, trink langsam, gleich gehen wir schlafen. Ich hätte lieber nicht davon anfangen sollen.

– So nette Leute … Susana hatte Freunde aus Uruguay, einmal kamen sie zu uns nach Hause. Sie waren auch mit Federicos Vater befreundet. Der landete wirklich im Gefängnis, der ja, den haben sie erwischt. Er hatte freilich auch einiges auf dem Kerbholz. Susana nicht. Und jetzt ist sie in Uruguay. Ihre Freunde von dort waren wirklich bezaubernd. Mit Carlos unterhielten sie sich immer über Politik, sie verstanden sich ausgezeichnet mit ihm. Und er war auch ganz angetan von ihnen. Unbegreiflich, warum er sich dann auf diese Aufforstungsgeschichte eingelassen hat. Wo doch Schiffe für ihn wie …

– Komm, Tante, gib mir deine Hand.

– Mein Kind, wenn eines Tages Susana zurückkommt … Dieses Kleid, die Ärmste. Als sie ging, trug sie ein Umstandskleid und darunter ein Kissen aus unserem Wohnzimmer, um nicht geschnappt zu werden. Wenn du dir nur schon die Reise dorthin vorstellst, mit diesem Bauch und diesem Kleid, das ihr bis zu den Knöcheln reichte, und diesen Freunden, die auf sie warteten oder mit ihr reisten, was weiß ich. Einmal habe ich in ihrer Wäsche einen Zettel gefunden, auf dem sie die Fahrpreise nach Uruguay notiert hatte. Darum sage ich ja, da ist alles ganz anders.

– Komm, warum versuchst du nicht, ein wenig zu schlafen. Es ist gewiss alles so, wie du sagst, es ist alles gutgegangen, warum sollte auch was schiefgegangen sein, wenn man in aller Ruhe nach Uruguay fahren kann? Susana ist nicht auf den Kopf gefallen, und was ich dir gesagt habe, ist lauter Unsinn, wie man ihn sich in den Zeitungsredaktionen so erzählt.

*****

– Großmütter haben also auch Kopfschmerzen?

– Na klar, genauso wie ein Junge oder ein Mädchen, denn der Kopf, der ist nun mal ... Er kann ihnen sogar noch mehr weh tun als euch, warum, weiß ich auch nicht, frag deinen Vater, der weiß es bestimmt.

– Mit dir ist es immer dasselbe, Mami, genau wie bei der Sache mit dem Pimmel und der Muschi.

– Bleib mal schön in der Nähe, geh mir nicht zu weit weg, und wenn du eine Frage hast ...

– Ja, dann weiß Papa Bescheid.

– Sie ist in einem fürchterlichen Zustand, oder?

– Furchtbar. Aber sag mal, seit wann hat sie denn diese Kopfschmerzen? Und so heftig?

– Seit gestern Abend. Aber ... schwer zu sagen ... und sie gießt einen Gin Tonic nach dem andern in sich hinein, wie Wasser. Aber vielleicht ist es auch nicht nur deswegen; wir haben geredet.

– Geredet?

– Ja, sie meint, Susana sei in Uruguay oder weiß der Teufel wo, und etwas anderes will sie gar nicht hören. Bevor sie hergekommen ist, hat sie ihrem früheren Hauswart einen Schlüssel zu ihrer neuen Wohnung gegeben, nur für den Fall, dass Susana zurückkommt.

– Unglaublich, dass Carlos ihr nichts gesagt hat.

– Wer weiß, warum. Er war auch nicht auf sowas gefasst, als er mich fragte. Ich glaube, er kam an dem Abend nur, damit ich ihm sage, es sei alles in Ordnung, Susana sei im Gefängnis, und was er machen könne, um sie freizubekommen. Wie hätte er sich auch vorstellen sollen, dass die eigene Tochter so, bei einem solchen Massaker umkommen musste; wenn ich daran denke, läuft es mir kalt den Rücken runter. Stell dir vor: das eigene Kind, in die Luft gesprengt.

– Ja...

– Und denk an Camila. Entsetzlich.

– Papa! Papa! Federico will mit mir baden gehen!

– Meine Liebe, sie wollen ins Wasser...

– Allein?

– Ja, Mami, er passt auf mich auf, er hält mich ganz fest an der Hand, und die lasse ich nicht los, auch wenn eine Riesenwelle kommt.

– Gut, aber nicht allein. Wir machen es so: Ich nehme euch beide fest an die Hand. Genau, so, ganz fest. Komm Hugo, du auch.

– Aber ich möchte, dass wir allein gehen.

– Ihr seid noch zu klein, Camila. Wenn ihr größer seid, dann schon. Jetzt haltet euch an mir fest, und ich lass euch nicht mehr los. Hugo, du gibst Pablo die Hand.

– Los, auf meine Schultern, du Weltmeister, hopp, hinauf...

– Und los. Seht ihr das Meer? Gut festhalten, und dann laufen wir ganz schnell, damit uns der Sand nicht die Füße verbrennt, mal sehen, wer zuerst unten ist.

– nicht so einfach, nach zu vollziehen
– lenkt den Blick auf überforderte Großmutter

Unter Wasser rauchen

Im März 76 verschwand Papa. Im August – am 23., um genau zu sein – kam ich zur Welt. Und im November, zwei Tage vor der Geburt meiner Cousine Lola, die siebenundzwanzig Jahre später meine Frau wurde, verschwand Mama. Mein Onkel Hugo – Lolas Vater – erzählt, im Jahr 1978 hätte ich vor einem frisch erstandenen Fernsehapparat bereits »tin-tina, tin-tina« gequäkt. Danach, und bevor ich heiratete, geschah Verschiedenes. Meiner Großmutter – Mamas Mutter, die mich aufzog – gelang es, mir ein Stipendium für eine Privatschule zu verschaffen, wo ich vom Kindergarten bis zur Mittelschule alle Stufen durchlief. Auch während dieser Jahre geschah Verschiedenes. Als ich in die dritte Klasse kam, schickte mich meine Großmutter zu einem Psychologen, den ich in einer der ersten Sprechstunden fragte, ob er wisse, wie meine Eltern gestorben seien, worauf er erwiderte, dem müsse ich selbst zu Hause nachgehen. Und meine Großmutter, die mir bisher immer gesagt hatte, sie werde es mir erzählen, sobald ich größer sei, vertröstete mich diesmal nicht mehr auf später. So dass ich in der dritten Klasse schon fast ein Großer war. Eines Tages sagte mir der Psychologe: »Ich habe ein Segelboot, möchtest du segeln lernen?« »Ja«, sagte ich, und danach sind wir fast vier Jahre lang zusammen segeln gegangen. Abgesehen davon, dass ich an das traurige Schicksal meiner Eltern dachte, freundete ich mich in dieser Zeit mit dem Sohn des Psychologen an sowie mit einem anderen Jungen, auch er ein Kind von Verschwundenen, der uns auf unseren

Segeltörns begleitete. Einen Sommer lang mietete seine Großmutter ein Haus am Strand und lud mich ein, mit meiner Großmutter dort Urlaub zu machen. Das war kurz bevor wir auf die Mittelschule kamen. Wenig später starb mein Psychologe, und ich ging nicht mehr segeln. Bei seiner Beerdigung war mir, als werde mein eigener Vater begraben, nur dass der Tote einen anderen Sohn hatte und nicht mein Papa war. Unter den neuen Klassenkameraden fand ich neue Freunde, und da sie alle rauchten, gewöhnte auch ich mir das Rauchen an. Meine Großmutter wollte es mir erst verbieten. Es schade mir bloß, sagte sie, und die Mädchen würden mir so oder so schöne Augen machen. Ich rauchte trotzdem weiter, und am Ende war es ihr egal. Samstagabends ging ich immer zu einem Freund, der bei sich zu Hause regelmäßig Partys feierte. Er lebte mit seinen drei Schwestern bei seiner Mama, die oft auf Reisen war. Über seinen Papa war weiter nichts bekannt, als dass er noch lebte; ich glaube jedoch, mein Freund hätte es vorgezogen, wenn er tot gewesen wäre. Mit der Zeit leerten wir den Weinkeller und rauchten die Zigaretten, die seine Mama von ihren Reisen mitbrachte, stangenweise weg. Einmal gab mir eine seiner Schwestern einen Kuss, worauf ich mich in sie verliebte, was mir jedoch schnell verging, als ich merkte, dass sie fast jeden küsste. Im fünften Jahr auf der Mittelschule schenkte mir Onkel Hugo ein Tenorsaxophon. Ich hatte mir schon lange eines gewünscht, mich aber inzwischen damit abgefunden, dass nie genug Geld für so etwas da war. Kaum hatte ich einige Stunden genommen, gründete ich eine Funk-Band, in der ich merkwürdigerweise der einzige Raucher war. Die anderen tranken nur Whisky und koksten, so dass ich auch damit anfing, was mir einige abgefahrene Momente bescherte. Eines Nachts, während der Pause, stellten wir im Bad eine Szene aus *Goodfellas* nach. Ich hatte den Film damals noch nicht gesehen; heute kann ich mich, wenn ich die betreffende Szene wiedersehe, vor Lachen kaum halten, und Lola fragt mich dann immer, was ich daran so lustig finde. Da sie diesen Teil meiner Vergangenheit nicht so gut kennt, erzähle ich ihr lieber nichts davon. Die Band hat sich dann aufgelöst. Die Freundin des Bassisten wurde schwanger, und er beschloss, sein Leben zu ändern. Als er sich, erstaunlicherweise vollkommen nüchtern, von uns verabschiedete, wiederholte er mindestens zehnmal das Wort »Prioritäten«. Das ist mir geblieben. Im Unterschied zu ihm hatte ich keine. Sicher, wäre es nach meiner Großmutter gegangen, hätte ich studiert. Aber ich wollte oder konnte nicht, wer weiß. Studieren jedenfalls war nicht meine Priorität. So lebte ich ohne Prioritäten dahin, bis ich eines Tages im Fernsehen eine Sendung über Kinder von Verschwundenen sah, die sich in einer Gruppe organisiert hatten. Mein erster Gedanke war, meinen alten Freund aus den Zeiten der Segeltörns anzurufen. Meine Großmutter meinte, er lebe jetzt mit einem Freund zusammen. Als ich anrief, war der auch am Telefon und ließ mich wissen, sein »Boyfriend« sei nicht da. Einige Monate vergingen. Endlich, eines Abends, ging ich in die Zentrale von HIJOS* an der Calle Venezuela, wo ich mich informieren ließ, was sie machten, und obwohl mich nichts davon besonders interessierte, blieb ich. In Wirklichkeit interessierte mich vor allem Gaby. Ihre Eltern waren gar nicht verschwunden, sie machte bei der Gruppe mit, weil sie sich für eine gute Sache einsetzen wollte. Im Übrigen war sie eine versierte Marihuana-Raucherin, eine mir bisher wenig vertraute Fertigkeit, in deren feinste Nuancen sie mich einweihte. Wir rauchten zusammen, und schon fühlte ich mich gut. Manchmal, wenn wir die Versammlung verließen, spazierten wir zusammen an die Costanera*, küssten uns und gingen durch die Reserva weiter hinunter zum Fluss; wenn es heiß war, planschten wir barfuß ein wenig am Ufer herum. Es war absurd, aber Gaby, deren Eltern nicht verschwunden waren, setzte alles daran – und irgendwie schaffte sie es –, dass ich mich immer eifriger an den Versammlungen beteiligte. Ob sie sich meinetwegen so stark bei den HIJOS engagierte, weiß ich nicht, aber ich glaube nicht. Zu der Zeit hörte ich erstmals von den Abfindungen, die die Regierung zu zahlen bereit war. Ich war unschlüssig, ob ich einen Antrag auf die mir zustehende Summe stellen sollte; kaum aber hatte ich angefangen, mich um die Formalitäten zu kümmern, gab mir Gaby, die diese Art von Wiedergutmachung empörend fand, den Laufpass. Pech gehabt, dachte ich, denn was sie »Abfälle« nannte, kam mir sehr gelegen. Als ich allerdings die Gutscheine eingelöst hatte, wusste ich mit dem Geld nichts Besseres anzufangen, als es mit den zwei, drei Freunden, die mir aus der Schule geblieben waren, auf den Kopf zu hauen. Eine tolle Zeit, aber ich hatte immer das Gefühl, dass irgendetwas fehlte. Eines Abends, in einer Bar, lernte ich Vero kennen. Meiner Großmutter gefiel Vero: Sie hatte einen klaren Verstand, rauchte nicht, und weil sie Vegetarierin war, pflegten sich die beiden über die Diät zu unterhalten, die meine Großmutter wegen ihrer Herzprobleme einhalten musste. Außerdem reiste Vero gern, und so waren wir oft unterwegs. Eines Tages, in Palenque im Süden Mexikos, machten wir uns mit einer Inhaliertechnik vertraut, die uns beide begeisterte. Umwerfend, wirklich. Die Tage vergingen, wir waren im Paradies. Aber es kam der Moment, da uns der Wahnsinn umzingelte, und ich war drauf und dran, den Verstand auf immer zu verlieren. Vero verlor ihn tatsächlich: Sie schloss sich einer Gruppe von Zapatisten an, und ich habe nie mehr etwas von ihr gehört. Zurück zu Hause, hatte ich nicht mehr viel zu verlieren und ging erst einmal zur Bank. Der Anlageberater riet mir zu einem Grundstück in einer noch nicht erschlossenen Gegend, ideal für ein Country Resort mit Jachtclub und Golfplatz, und er zeigte mir auch ein paar Fotos: blaues Wasser, grüne Wiesen, lauter Dinge, die mich an meine Segeljahre erinnerten. Ich nahm das Angebot an, und alles ging gut, bis ich mein Eigentum zu sehen bekam und den Betrug entdeckte: Der Boden taugte zu nichts, und ihn mittels Erdaufschüttungen in etwas Brauchbares zu verwandeln, wäre mich teurer zu stehen gekommen als das Grundstück selbst. Trotzdem versuchte ich, das Grundstück in Schuss zu halten, denn ich hoffte, die Bodenpreise würden wieder steigen und ich könnte meine Wüstenei mit kleinem Gewinn wieder abstoßen. Ich besorgte mir einen Spaten und eine Schubkarre und karrte monatelang gute schwarze Erde herbei. Damals hätte ich gern das Rauchen aufgegeben, aber ich schaffte es nicht. Wahrscheinlich macht die Mühe, ständig eine schwere Schubkarre hin- und herzuschieben, jeden Versuch, einem Laster zu entsagen, zunichte. Weil mir immer noch etwas Geld geblieben war und ich mich nicht nochmals über den Tisch ziehen lassen wollte, holte ich mir Rat bei diversen Vertrauenspersonen. Bis ich eines Tages meinen alten Freund Sergio traf. Er hatte gerade eine Erfindung gemacht: Hundewindeln, Pampers für Pudel oder Pinscher. »Alles topsecret«, raunte er, er müsse zuerst noch Patentfragen klären und Investoren finden, um im großen Stil produzieren zu können. Ich zahlte ihm die Patente, und nun saßen wir da und warteten. Im Jahr darauf erfuhr ich von Onkel Hugo, Lola habe bei einem Austauschprogramm der Uni, an der sie Wirtschaftswissenschaften studiert hatte, einige ausländische Jungunternehmer kennengelernt, die bereit wären, in ein Geschäft wie unseres einzusteigen. Da war sie, unsere Chance. Lola, die ich seit ihrem fünfzehnten Geburtstag nicht mehr gesehen hatte, brachte mich mit diesen Leuten in Kontakt, und nach einigen Besprechungen kamen wir überein, von jeder verkauften Windel sollten mein Freund und ich ein paar Prozente einstreichen. Lola war ganz hingerissen, wie locker, mit welcher Selbstsicherheit, ja Kaltschnäuzigkeit ich die Verhandlungen führte. Bis heute glaubt sie allen Ernstes, jede meiner Gesten, jedes meiner Worte sei präzis auf ein Kalkül abgestimmt gewesen, das umso besser aufging, als es ein solches nicht gab. Auch ich, wozu es leugnen, verliebte mich bald in dieses unternehmungslustige Mädchen. Alles lief wie geschmiert. In Sachen Liebe: Lola wurde meine Frau, und unser erster Sohn wurde geboren. Auch geschäftlich: Lola half mir, mein Grundstück zu verkaufen, und mit dem Erlös sowie den satten Profiten, die wir mit Sergio erzielten, leisteten wir uns ein Apartment in Puerto Madero*, ein Segelboot mit Liegeplatz und einen kleinen Sportwagen, mit dem ich meine Großmutter besuchen konnte, bis zu dem Tag, an dem sie – kaum hatte sie ihrer Diät abgeschworen, um dafür »lieber noch ein bisschen gut zu leben« – an einem Herzschlag starb. Sergio tüftelte weiter an seinen Erfindungen, und obwohl eine so wenig taugte wie die andere, ließen sie uns doch irgendwie den Traum vom ganz großen Ding weiterträumen. Bis es eines Tages, während wir rauchend auf unserem Balkon saßen – auf der einen Seite der Fluss, auf der anderen die alten Hafenbecken und die Restaurants, die Lola so mochte –, zu regnen begann; und mit einem Mal sah ich – wie, ist mir immer noch unerklärlich, denn eigentlich ist ja Sergio der Erfinder – eine Zigarette vor mir, die auch im Regen nie ausgeht. Die Lichter der Stadt und ihrer Uferpromenaden spiegelten sich im Regen, im Wasser des Flusses, im Wasser der Hafenbecken. Allein die Vorstellung, mich über die Balkonbrüstung zu lehnen, vom Regen durchnässen zu lassen und weiterzurauchen, hatte etwas Berauschendes. Ein Spezialzusatz für den Tabak, wasserresistentes Zigarettenpapier: Sergio hat dann beides entwickelt, und ich hab ihm dabei geholfen. Es dauerte fast zwei Jahre, aber kurz vor der Geburt meines zweiten Sohnes hatten wir es geschafft. Die Investoren – Lola machte ihren Job wie üblich tadellos – ließen nicht auf sich warten. Zigaretten, die man auch im Regen rauchen kann: wenn das keine Erfindung war. So mussten wir, da nun endlich alles in Ordnung war, nur noch unser künftiges Glück planen. Zurzeit bin ich beispielsweise damit beschäftigt, unser Schiff mit besseren Segeln und auch sonst so auszurüsten, dass die ganze Familie damit bequem die Welt umsegeln kann. Ja. Und sind wir erst unterwegs, werde ich in einer Regennacht, wenn alle schlafen, an

Deck steigen, mir eine unserer Zigaretten anzünden und mich Zug um Zug an all das erinnern, was bisher geschehen ist – und was die Jungs meiner Generation während dieser ganzen Zeit so alles zusammengeraucht haben.

unterscheidet sich von den anderen Geschichten, weil es eine Art Happy End gibt – oder ist das nur eine Traumvorstellung (Drogen) (→ Titel: „Unter Wasser rauchen") ⊕

dürfen in Argentinien Cousin & Cousine heiraten?

⊕ offenbar, denn in der nächsten Szene fischen Erzähler und diese Zigaretten neu (207 S)

2073

Die Masken baumeln von der Decke, kreuz und quer und längs gehängt, vor sich hin starrend oder mit weit aufgerissenen oder nach unten stierenden Augen, aus offenen Mündern hängenden Zungen, Zahnreihen voller Plomben, der Unterkiefer bei einigen nach der Mode der vierziger Jahre geschmückt: Nachbildungen von Reißzähnen des Säbelzahntigers oder von Hauern der letzten aufgetauten Mammuts. Die Masken selbst, sagt Miguel, seien alle echt, alle NN: nicht identifizierte Leichen. Er steckt sich eine Zigarette an, lehnt sich aus dem Fenster und bläst Rauchkringel. Schau mal, sagt er – es gefällt ihm, wie sie sich im Regen auflösen, er könnte ihnen stundenlang zuschauen –, ganz neu, Porteño*, die gehen nicht einmal aus, wenn's schüttet, weil sie ihnen dieses raffinierte Pulver beigemischt haben, damit brennen sie, egal wie nass es ist. Schlechtwetterzigaretten.

Ich kenne sie. Überall in den Straßencafés von Buenos Aires werden sie angeboten. Man setzt sich, bestellt etwas, und noch bevor das Essen serviert wird, macht schon eine Verkäuferin mit den verschiedenfarbigen Zigaretten die Runde. Lukra findet sie toll. Sie ist imstande und gibt für Zigaretten den letzten Centavo von dem Gehalt aus, das sie ihr bei der Agentur zahlen; sie würde nicht einmal davor zurückschrecken, um einen Vorschuss zu bitten, sich zu verschulden, denn Rauchen, diese kleine Wärme einer Zigarette in der Hand, ist für sie der Schlüssel zu ihrer eigenen Welt, in der sie davon träumen kann, es gäbe keinen Regen, in der sie ihn sozusagen auslöschen kann, als wären die Jahrzehnte ununterbrochener Stürme ein mittelalterlicher Spuk oder ein noch älteres, antikes Phänomen, als lebten wir immer noch in Zeiten vor der Sintflut.

Miguel hat seine Zigarette fertiggeraucht, schließt das Fenster, stellt den Luftentfeuchter an und setzt sich in eine Ecke. Porteño, sagt er, du erinnerst dich doch an El Peludo*, den Typen vom Kiosk. Er kennt ein Lager irgendwo im Gebirge, südlich von Carolina, dort sind diese Masken Gold wert. Seit sie die Mine wieder in Betrieb genommen haben, bezahlen sie alles mit Gold oder mit der Legierung für Ultraleichtflieger. Wir könnten versuchen, uns dort ein wenig von der Legierung zu beschaffen, und El Peludo beauftragen, uns ein kleines Flugzeug zu bauen. Er weiß, wie man sowas zusammenbastelt, außerdem arbeitet er mit diesem Mechaniker aus Río Cuarto zusammen, der hin und wieder Dehydrierpulver schmuggelt, das er sich in Embalse oder in Córdoba holt, wo die Reaktoren noch funktionieren, das weißt du ja.

Was sollte ich sagen. Das letzte Mal, als ich nach Villa Mercedes reiste, hatte Lukra gesagt, pass auf, dass dir dieser Miguel nicht mit einer seiner Geschichten kommt, der von dem Überfall auf das Bataillon, was auch immer; das ist alles schon gut hundert Jahre her, man kann nicht ewig in der Vergangenheit leben. Dabei erzählt sie seit Jahrzehnten genau dieselben Geschichten; sie ist es eigentlich, die in der Vergangenheit steckengeblieben ist. Und Miguel kam dann doch wieder auf Papa zu sprechen, auf den Sturm auf das Bataillon 141 vor hundert Jahren, die Verräter, alle, die dabei umkamen, und die anderen, die eigentlich mit ihrem Leben hätten bezahlen müssen, und wir kamen überein, jetzt sei es an der Zeit, etwas zu unternehmen, und ich sagte: Na los.

*****

Die Wände der Wohnung, in der El Peludo lebt, wirken wie aus Glas. Er sagt, das Haus sei aus magnetisierten Betonplatten gebaut; der Regen pralle davon ab wie Hagel. Zuweilen fühle es sich so an, als ob die ganze Konstruktion unter dem Geprassel erzittert, aber nein: Sie zittert nicht, es wackelt kein bisschen; in Buenos Aires sieht man so etwas heute kaum noch, oder? Stimmt. Miguel bittet El Peludo um ein Glas Gin. Und …? sagt er, glaubst du, da kann man was machen? Es klingelt an der Tür. El Peludo bedient einen Kunden, und als er zurückkommt, sagt er: Ja, da ließe sich wohl was machen. Allerdings habe er darüber, wie es im Bataillon heute aussieht, Widersprüchliches gehört. Die einen behaupten, das Gebäude sei ein Museum, die anderen, eine Müllhalde; wieder andere meinen, daran könne sich eh niemand mehr erinnern, bestimmt sei es längst überwuchert wie von gelben Kröten. Es werde aber auch kolportiert, man habe eine Kuppel gebaut, unter der sich die Leute sonnen könnten und wo der Schwarzhandel mit Fahrscheinen zu verbotenen Reisezielen blühe; und da alle nackt herumliefen, schöpften die Behörden keinen Verdacht. Ich denke darüber nach, warum nackte Menschen besonders vertrauenswürdig sein sollen. Aber Miguel schaut herüber zu mir, bittet noch um einen Gin und sagt: Das ist doch Quatsch, dass da niemand etwas merken soll. Versuch mal, splitternackt wie eine Echse über eine Grenze zu schleichen. Windelweich schlagen sie dich, du Vollidiot. Um nach Córdoba zu kommen, musst du dich mindestens als Seerose verkleiden.

Oder zwischen den Wolken fliegen, in der Dunkelheit. Das eben ist unser Plan; sicher ein bisschen riskant, aber anders schaffen es drei Illegale wie wir nie über die Grenze.

Lukra ruft an mit ihrer sanften, fast tonlosen Stimme, mit der sie zu mir spricht, wenn ihr etwas wichtig ist, und fragt, ob ich bald zurückkomme. Ja, sage ich, sobald wir hier alles erledigt haben, komme ich und mach dir ein Kind. Nein, erwidert sie, ich halte es nicht mehr aus, wegen dieser Kontrollposten hier festzusitzen. Man müsste jemanden bitten, mich ... Kann man denn in Mercedes keine Kinder haben? Ich weiß es nicht, und die Verbindung bricht ab. Miguel sagt, vergiss es, Porteño, wenn du ein Kind willst, gehst du besser nach Süden, nach Bagual, Tajo, Arizona, dort nimmt man es damit nicht so genau, jedenfalls wenn du hin und wieder einen Jungen ablieferst, dann kannst du einen oder zwei davon behalten und sie sogar in die Nachtschule schicken, läuft alles halb geheim, sieht von außen wie eine Fabrik aus, verstehst du? Aber es sind Schulen wie die von früher. Würde Lukra gefallen, glaube ich. Aber so weit reichen unsere Pläne nicht – wovon sollten wir dort leben? Völlig undenkbar. Miguel steckt sich eine Zigarette an. Rauch draußen, sagt El Peludo. Du hast wohl auch auf den Zähnen Haare, was? Ja, aber rauch sie draußen.

*****

Durch den Kanal gelangen wir nach San Luis, doch bevor wir von dort aus ins Gebirge kommen, werden wir an einer Straßensperre von Gendarmen aufgehalten. Sie reden so schnell, als könnten ihnen jeden Moment die Nerven durchgehen, und schließlich fordern sie uns auf, unser Gepäck zu öffnen. Zwei bullige Typen fischen die Masken heraus und fassen sie an, als wären es Putzlappen oder kontaminierte Bänder. Zwei davon gehen in die Brüche, und Miguel muss sich zusammenreißen, um nicht loszubrüllen. El Peludo sieht mich an, als wolle er sagen, beim ersten Problem, das uns Miguel bereite, bleibt uns nur der Rückzug oder die Flucht nach vorn; er habe sich ja nicht Miguel oder mir zuliebe auf die Geschichte mit dem Bataillon eingelassen, oder weil ihn das Schicksal meines Papas besonders interessiert, sondern er habe seine eigenen Gründe. Als er sieht, wie Miguel mit einem der Gendarmen zu diskutieren anfängt, geht er hin, steckt ihnen ein paar Tüten mit dem Dehydratierpulver zu, die sein Freund schmuggelt, und sie lassen uns durch.

*****

Hier bin ich lange nicht mehr gewesen. Von den ständigen Regengüssen ist die Landschaft kaum wiederzuerkennen, über das Gebirge kommt man nur noch mit Raupenfahrzeugen. Wir lassen unser Boot zurück und steigen in einen Lkw um. Mit uns reisen ein paar Flüchtlinge aus dem Chaco – leicht am Akzent zu erkennen – sowie zwei dunkelhäutige Frauen, beide hochschwanger. Wir sollen schon nächste Woche niederkommen, sagt die eine, und die andere erklärt, man bringe seine Kinder besser dort zur Welt, wo sie später leben werden – wer käme sonst je für ihre Umsiedlung auf? Wer aber einfach abwarte, bis sie einem weggenommen werden, gerate in eine noch schlimmere Lage, denn die Geldstrafen dafür, sie zurückzuhalten, seien enorm. Verstehe, sage ich, und mein Blick verliert sich in der Landschaft aus Tuffstein und entwurzelten Bäumen, die in einen Steilhang übergeht, hinter dem ein aus lauter ausgehöhlten Felsen bestehender Berg aufragt, darüber der ewig graue oder schwarze oder rote Himmel. Ich frage Miguel, ob der Himmel hier immer so rot sei, und er meint, ja.

Wie auf jenem Band, das Lukra in ihrer Agentur mitgehen ließ: Da sind zwei Alte, ein Paar vielleicht, Tag und Nacht unter einem bald roten, bald grünen Himmel unterwegs. Es sind reine, glänzende Farben – vielleicht weil das Band kontaminiert ist –, die sich nur hin und wieder, höchst selten, dunkel, fast schwarz eintrüben. Die beiden Alten reden nicht, oder jedenfalls versteht man nicht, was sie sagen: Das Rauschen des Regens, vermischt mit dem Gebrumm der unzähligen Insekten und dem Grollen ferner Explosionen, übertönt alles andere. Sooft wir in dieses Band gingen, sahen wir sie wie von einer mobilen Plattform aus, die hinter dem Fahrzeug, in dem sie unterwegs sind, einherschwankte. Wir wurden uns nicht einig darüber, ob sie reden oder schweigen. Ich neigte zur Ansicht, die wechselnden Färbungen des Himmels seien eine Art Code, der ihre Gespräche verschlüsselte, und wir hätten nur ganz in das Band eintauchen, von der Plattform abspringen müssen, um ihn zu dechiffrieren. Lukra aber wollte den Absprung nicht riskieren, denn falls das Band wirklich kontaminiert war, wäre es für uns nicht lustig geworden. So ist es nun mal: Zwei meiner Freunde waren zehn Jahre lang in einem Band verschollen, alle Welt hielt sie längst für tot, bis sie eines Tages mit zerfetzten Kleidern und dreckverkrusteten Fingernägeln wieder auftauchten, in den Augen eine unauslöschliche, hasserfüllte Wut, und bis ein Richter ihnen ein Erholungsband verordnete, wurden sie nicht müde zu sagen, die Zukunft sei alles andere, als was in Córdoba und anderen Hauptstädten behauptet werde, sondern vielmehr eine enorme fleischfressende Farnstaude, die alles verschlingt, was ihr über den Weg läuft. Wer kontaminiert die Bänder? Die Zukunftsvisionen derjenigen, denen die Rückkehr gelungen ist, fallen immer apokalyptischer aus. Die Saboteure sind einfach naiv: Die Zukunft kann nur noch schlimmer werden, wie schlimm, weiß ich nicht, aber jedenfalls unendlich viel grauenhafter, als sie ahnen.

Schau mal, Porteño, sagt Miguel und weist auf eine überflutete Schlucht, die an einen Stausee oder eine rötlich getönte Lagune erinnert: rot die Oberfläche und ebenso ihre Tiefen – siehst du das? Sie sagen, bald werde hier alles so rot sein. Dein Papa hätte seine helle Freude daran.

Auf der Fahrt durch das Gebirge steigen neue Passagiere zu, bis die Ladefläche unseres Lastwagens voll ist. In einer Ecke, auf einer Kiste mit leuchtenden Rändern, hockt ein Mann und flicht Zöpfchen in seinen Bart, unablässig vor- und zurückschaukelnd. Neben ihm summt ein Androide ein Wiegenlied. Ich frage mich, ob sie auf diese

Weise miteinander kommunizieren, ob hier vielleicht eine Verschwörung im Gang ist, deren Teilnehmer sich, sobald wir bei der Mine eintreffen, des Orts bemächtigen werden. In diesem Moment geht Miguel auf den Zopfbart zu und sagt ihm, Tuco, ich bin's, Gimenez, erinnerst du dich? Der andere hebt seinen Kopf und verfällt, sowie er Miguel erblickt, in krampfhafte Zuckungen. Sein Mund klappt auf – der Reißzahn eines Säbelzahntigers kommt zum Vorschein – und sogleich wieder zu, wobei er sich beinahe an seinem Bart verschluckt und zu Boden sackt. Da niemand weiß, wie ihm zu helfen wäre, packen ihn zwei Flüchtlinge an Armen und Beinen und schleudern ihn aus dem fahrenden Lkw. Der Androide, der die Szene verfolgt hat, stürzt seinem Herrn hinterdrein; das Wiegenlied hallt noch, vom Aufprall verzerrt, aus einem blauen Pinienwald wider.

El Peludo packt Miguel am Arm: Was fällt dir ein? Was glaubst du, tust du da? Nichts, sagt Miguel. Und dann noch: So hat man mit diesen Spitzeln umzugehen, Peludo. Sollen sie doch gefälligst woanders rumschnüffeln; mal sehen, ob wir immer noch wie die Deppen reagieren, wenn sie uns beim ersten Ölwechsel mit ihrem Nonnengeheul kommen. Mag schon sein, antwortet El Peludo; aber gleich danach packt er meine Hand und bohrt seinen ausgestreckten Zeigefinger in meinen Handteller, einmal, noch einmal und ich weiß nicht wie oft noch – mir scheint, er ist etwas nervös –, und raunt mir ins Ohr, Porteño, vergiss nicht, all das machst du für deinen Alten oder für dich selbst, nicht für Miguel; was uns blüht, wenn er durchdreht, weißt du ja. Ja, ich weiß, sage ich, eben als unser Fahrzeug auf einem Straßenstück mit lauter ausgewaschenen Kieseln ins Schleudern gerät und sich mehrmals um sich selbst dreht, ehe es der Fahrer auf einer Betonplatte – vermutlich einem Rest der einstigen Autobahn – wieder in seine Gewalt bekommt und die Reise weitergeht.

*****

Miguel zündet sich zwei Zigaretten gleichzeitig an und sagt, da, nimm eine. Während wir am Eingang kontrolliert werden, weht uns von der Mine her ein rauer Wind entgegen, und mit ihm der Schwefelgeruch, der aus der Grube neben dem in einem Steilhang gebauten Förderturm heraufwabert. Wie von verfaulten Kartoffeln, sagt Miguel.

Wir gehen zu Fuß weiter. Um uns von den Grubenarbeitern und anderen Ortsansässigen zu unterscheiden, sind die Kontrollbeamten auf die Idee verfallen, wir könnten unsere Masken aufsetzen – sonst hätten wir wie alle hier aussteigenden Passagiere einen der eigens zur Kenntlichmachung der Besucher fabrizierten Overalls überziehen müssen. Miguel hat ein Giraffengesicht, El Peludo ziert eine braunblonde Haarmähne, und ich stecke in einem Fell, das – wie die Maske – halb von einem Känguru, halb von einem Panda zu stammen scheint. Meine Hände finden sich in dem Kostüm nicht ohne weiteres zurecht: fünf, sieben, neun Finger an jeder Hand und ein paar scharfe Wildkatzenkrallen.

Etwas später, auf der Suche nach dem Lager, wo wir mit unseren Masken gute Geschäfte zu machen hoffen, wird der Schwefelgeruch penetranter, und Miguel sagt: Das ist nicht Schwefel, das ist irgendetwas anderes. Besser, man wisse nicht was. Und schon hat er aus seiner Tasche drei Atemmasken hervorgeklaubt, mit der Bemerkung: Entweder wir setzen sie auf oder es wird mit uns ein böses Ende nehmen.

Ich hätte Lukra gern ein Foto von uns in dieser Aufmachung geschickt! Aber dafür war die Strahlung hier einfach zu stark, vielleicht wegen der unzähligen in der Atmosphäre schwirrenden Metallpartikel oder wegen der Hitze des Untergrunds – momentweise glaubten wir, uns dem Rand eines Vulkans zu nähern –, und das Ergebnis wäre nicht viel anders ausgefallen als damals, als sie mir Bilder von ihrer Reise nach Monte-Riggi schickte: alle ausnahmslos verzerrt durch die Strahlung der Meteore, zu deren Erforschung ihre Anthropologengruppe aufgebrochen war. Wäre ich damals eine Spur eifersüchtiger gewesen, ich hätte mich umgebracht. Es nahm dann freilich ein ganz anderes Ende: Als sie zurückkehrte, stellte ich ihr Julieta und die anderen Frauen vor; die wildesten Früchte der Schöpfung bringt die Rachelust hervor.

*****

Pech gehabt: Eine Schranke verwehrt uns den Zugang zum Lager von Peludos Freunden; daneben flimmert das Hologramm des für die Sicherung der Anlage zuständigen Beamten. Das ist El Britos, sagt Miguel. Der gute alte Britos, sagt El Peludo. Ist sogar ein bisschen verwandt mit uns, aus Buenos Aires, verschwägert mit einem dieser Halbbrüder meines Onkels, die sich in Paso de las Carretas herumtreiben, du kennst ihn übrigens. Genau, in Paso de las Carretas spielte sich die Sache mit den Wassermelonen und der zertrümmerten Straßenlampe auf dem Hafendamm ab. Tja, diese Hafenmauer gibt es heute nicht mehr, und den See könnte man jetzt für das Meer halten. Ich habe gehört, die Brandung bringe dort so gigantische Wellen hervor, dass die Leute, wenn der Regen zwischendurch etwas nachlässt, ihre Surfbretter rausholen; einmal haben sie angeblich sogar ein Turnier veranstaltet, das irgendwelche Saufbrüder aus Mendoza gewonnen haben sollen. El Peludo tippt Miguels Arm an: Und jetzt? Miguel zuckt die Achseln. Britos, diese Schwuchtel, sagt er. Komm schon, sagt El Peludo, was machen wir? Woher soll ausgerechnet ich das wissen? Wenn sich hier einer in Sachen Legierungen und fliegende Kleiderbügel auskennt, dann du. Stimmt, sagt El Peludo, und so wie er seinen Blick über die Lagerschuppen schweifen lässt, darf man annehmen, er sei sich ziemlich sicher, dass wir irgendwo finden, was wir suchen.

Lagerhaus reiht sich an Lagerhaus, nebeneinander, übereinander, wie Kaninchenställe; man kann sich gar nicht vorstellen, welche Unmengen an Waren hier umgesetzt werden, und erst recht nicht das Ausmaß an Betrug, eine solche Stadt ist dafür wie geschaffen. An einer Ecke bittet man uns in ein Haus mit schwarzen Mauern, in dem vermutlich verbotene Bänder gehandelt werden. Vor dem Eingang singen zwei kaum zehnjährige Mädchen ein Lied mit dem immergleichen Text: Komm mit ins Band, die Minensonne brennt bestialisch. Bestialisch, wiederholt Miguel, bestialisch, und summt die Melodie noch eine Weile vor sich hin, bis wir uns in eine Bar setzen, durch deren hohe Decke es überall hereinregnet.

Um diese Zeit, gegen Abend, macht alles zu, sagt El Peludo; aber sobald es Nacht wird ... Inzwischen könnten wir uns ja mal ein Band ansehen, sage ich. Idiot, sagt Miguel, und als die Kellnerin unsere Bestellung aufnimmt, tätschelt er meinen Kopf und sagt ihr, schau dir mal diesen Panda an, Kleine, möchtest du es nicht mit ihm versuchen? Der kommt von weit her und kann dich sogar in ein Band hier in der Zeche mitnehmen, ein wohlerzogenes Bürschchen und wird dich gut behandeln. Die Frau lächelt: Was darf's denn sein? Gin. Gin. Und für mich bitte einen Tee mit Zitrone.

*****

Während Miguel und El Peludo ihren Gin trinken, sage ich, bis gleich, um mir das Haus mit den Bändern anzusehen. Wahrscheinlich ist es eh nur ein mieser Trick: Wo sollen sie ihre Bilder von der Sonne in einem wolkenlosen Himmel hernehmen, wenn nicht aus alten Filmen oder den Erinnerungen eines Grubenarbeiters, der schon lange das Zeitliche gesegnet hat?

Die schwarzen Mauern des Hauses sind jetzt grün, und von diesen grünen Mauern lösen sich kleine rote Herzen, Lichtspiele, die auf den Asphalt hinuntertaumeln und im Kontakt mit dessen Nässe unzählige Kurzschlüsse auslösen, so dass man auf einem flirrenden, zischenden Teich zu wandeln glaubt. Ich bin nicht der einzige Besucher. Eines der jungen Mädchen kommt und geht, um den Gästen, die schon Eintritt bezahlt haben, das Wechselgeld zu bringen – so viel habe ich für ein Band noch nie bezahlt – und einen nach dem anderen einzulassen. Vor mir schiebt eine Frau, die mich um einiges überragt, einen Alten vor sich her, dessen Leib so verkrümmt ist, dass man alle Mühe hat, ihm den Klettergurt anzulegen. Bevor wir den Saal betreten, warnt uns eine Stimme davor, in das Band einzugreifen, weil die Sonne – abgesehen von den üblichen damit verbundenen Gefahren – nicht real ist und deshalb schwere Verletzungen verursachen kann; die Stimme aber, so scheint mir, ist die Miguels. Nein, eher ist es eine Mischung aus seiner und meiner Stimme – jedenfalls kommt sie mir bekannt vor. In meiner Einbildung könnte es auch Papas Stimme sein.

Kaum habe ich die Gurte angelegt, fühle ich mich leicht wie nie, und schon bin ich im freien Fall. Einige Dicke, auch die großgewachsene Frau, fallen schneller als ich und wischen in der Vertikale an mir vorbei. Dann schlingert der Alte eine Weile neben mir, um sich bald weiter oben zu verlieren, während ich sanft auf einer Düne lande, nicht unähnlich den Bändern von der Küste, aber voller scheibenförmiger Muscheln. Ich drücke mir einige davon ans Ohr: Boleros, Guarachas, Rumbas und andere karibische Rhythmen, die Lukra entzückt hätten, nicht aber mich. Schließlich nehme ich mit einem Stück Vorlieb, das wie ein Son einsetzt, aber in Wirklichkeit eine Anden-Melodie aufnimmt. In diesem Moment verwandeln sich die Dünen in Felsgestein, und als ich den höchsten dieser Felsen erklimme, sehe ich den Morgen dämmern.

Die sicheren Orte sind nicht genau abgegrenzt, aber der Weg auf die Visualisierungsterrassen ist leicht zu finden. Leicht für alle außer für den Alten, der irrtümlich in eine Felsgrotte geraten ist und, in einen Vampir verwandelt, wieder zum Vorschein kommt. Hoffentlich wird das Überwachungspersonal rechtzeitig, vor Sonnenaufgang, darauf aufmerksam.

Alles geschieht nun mit einer dem Stillstand nahekommenden Langsamkeit. Auf einem staubigen Schotterweg versucht eine Gruppe von Freunden ein Motorrad zu flicken, das einem von ihnen gehört. Ihren Worten ist zu entnehmen, dass sich die Szene kurz vor Beginn der großen Regenzeit abspielt und dass sie aus dem Chaco ins nordöstliche Hochland unterwegs sind, so dass Anden-Klänge, und nicht karibische Rhythmen, hier wirklich besser passen. Endlich einigt sich die Gruppe darauf, weiterzufahren, um Hilfe zu suchen, und nur zwei von ihnen bleiben unter der glühenden Wüstensonne zurück, in der Hoffnung, von ihren Freunden nicht im Stich gelassen zu werden. Sie reden zusammenhangloses Zeug; suchen in der ärgsten Tageszeit Zuflucht unter jedem Millimeter Schatten; suchen Wasser und setzen sich gegen angreifende Tiere zur Wehr; trauern verlorenen Liebschaften nach: Die Frauen begreifen einfach nicht, dass der Regen über kurz oder lang alles wegwaschen wird, sagen sie; einer fängt an zu weinen und der andere ergreift seine Hand; sie tanzen und verlieren dabei das Gleichgewicht, stürzen zu Boden und sind aus dem Blickfeld verschwunden, aber man kann sich vorstellen, wie es weitergeht, so zärtlich hatten sie sich bei ihrem Tanz in die Augen geschaut. Ach wie schamhaft, ruft die hochgewachsene Frau und schwirrt davon, um die beiden hinter dem Felsblock zu erspähen. Kommt her!, schreit sie, ist das süß! Doch eben als einer der Dicken sich anschickt, die Terrasse zu verlassen, schleicht eine dünne, kaum sichtbare Schlange herbei und beißt die Frau in ihre Ferse, und schon ist sie nur mehr ein zitterndes Bündel, Schweißtropfen rinnen ihr über die Stirn, in die sich gleich darauf die ersten Regentropfen mischen, die aus dem wolkenlosen Himmel fallen. Jetzt treten auch die beiden Männer hinter ihrem Felsblock hervor und fangen an, nackt im Regen zu singen. Das musste ja kommen,

Musicals sind einfach nicht mein Fall. Ich nehme die Gurte ab und lasse sie achtlos liegen. Zurück im Saal, schenkt mir niemand Beachtung: Alle sind entweder mit Reanimationsversuchen beschäftigt, um die hochgewachsene Frau zu retten, oder sie haschen nach der Fledermaus, die wild hin und her flatternd von den Wänden und Decken des Saals abprallt.

*****

In der Umgebung der Mine führen breite Straßen, offenbar auf vom Regen bereits erodiertem Gelände angelegt, steil aufwärts oder fallen ebenso abrupt ab. Zu Fuß kommt man nur mühsam vorwärts, aber es bleibt uns nichts anderes übrig, denn El Peludo hat in der Bar etwas erfahren, das für uns interessant sein könnte: Ein Mann, ähnlich gekleidet wie der Typ, der aus dem Lastwagen geworfen wurde – wahrscheinlich gehören sie derselben Sekte an –, hat ihm geflüstert, einer der Lagerschuppen sei noch in Betrieb, und wenn das Angebot auch nicht erstklassig sei, könne uns das eine oder andere Fahrzeug doch nützlich sein. Als wir hinkommen, präsentiert sich uns hinter dem Tor aus verrosteten Blechplatten, dessen Scharniere beim Öffnen fast zerbröckeln, eine Halde voller Eisenschrott und alter Motorräder.

Miguel verschafft sich gleich einen Überblick, und der Miene nach zu schließen, mit der er die einzelnen Gegenstände mustert, kommt er sich ziemlich verarscht vor. Unterdessen lässt sich El Peludo von einem der hier beschäftigten Typen erklären, die Eisenbleche seien zwar schwer, aber trotzdem gut zu biegen und leicht zu bearbeiten. Die Banddesigner verwendeten sie als Hintergrund, sagt er, und besonders gefragt seien sie bei den Saboteuren: Sehen Sie mal, so leicht lassen sie sich biegen, und die kleineren können Sie praktisch in die Hosentasche stecken, damit bleibt man bei keiner Kontrolle hängen, ich jedenfalls nicht. Als der Mann endlich die Klappe hält, und bevor er uns noch etwas aufzuschwatzen versucht, das wir nicht brauchen, greift Miguel ein: Spar dir dein püriertes Gelaber, du Fettsack, wir haben hier ein paar Masken auf Lager, die sind so rar wie Eierhaare, und du kommst uns mit dieser Möwenkacke, so läuft das nicht, komm, zeig mir mal die drei Maschinen da, sind die wassertauglich oder willst du uns schon wieder irgendeinen halbgaren Scheiss andrehen?

Der andere, eingeschüchtert, stammelt eine Entschuldigung. Aber gleich ist er wieder obenauf, als zwischen den Blechstapeln plötzlich mehrere Androiden auftauchen; sie bewegen sich so schnell, dass ich sie nicht einmal zählen kann, schon haben sie uns eingekreist. Können sie fliegen? Nein, scheint wohl nur so. Und wenn, dann sehr tief, oder sie levitieren, allerdings mit hoher Geschwindigkeit. Die perfekte Illusion, sagt Miguel. Das ist keine Illusion, antwortet der Mann, alles eine Frage der Spannung. Ein Fingerschnipsen, und seine Androiden sacken zu Boden, hingeworfen wie Schrotthaufen. Sehr gut, sehen wir uns die Motorräder an, sagt er, und kaum macht er ein paar Schritte in die entsprechende Richtung, stehen die Androiden auf und schreiten hinter uns her. War hoffentlich das erste und letzte Mal, dass einer von Ihnen was an meiner Ware auszusetzen hatte, sagt er.

Oberflächenspannung, davon verstehen Sie doch was, oder täusche ich mich? Klar doch, sagt El Peludo, die eingefettete Nadel, die auf dem Wasser schwimmt. Na eben: Und jetzt wenden Sie das Prinzip bei den Reifen an, und die Wirkung ist dieselbe: Das Motorrad schwimmt. Überlegen Sie mal, wie man am besten nach Córdoba kommt: übers Land und übers Wasser. Der Luftweg ist riskant; man kommt zwar nicht leicht an verlässliche Informationen heran, aber ich weiß, und viele, die für mich arbeiten, wissen es auch, wie viele Ultraleichtflieger Jahr für Jahr abgeschossen werden. Der Landweg hingegen, wenn man die gut ausgebauten Routen meidet ... Durchs

Hinterland muss man sich schlagen. Klar, dafür braucht man einen Kompass, eine Landkarte oder etwas in der Art – ich habe hier ein paar davon –, und wenn Sie erst mal am Stadtrand sind, auf den ersten Straßen der höherliegenden Viertel, wo die Stadtverwaltung jetzt neue Wohnsiedlungen bauen lässt, da fragt Sie kein Mensch, Sie stellen ihr Motorrad ab und spazieren in aller Ruhe in die Stadt hinunter. Noch Fragen?

»Oberflächenspannung«, wiederholt Miguel, »Landweg«, »schwimmen« – glaubst du, wir sind blöd? Ich kann mich nicht erinnern, seit es regnet je ein Motorrad gesehen zu haben – einer von euch vielleicht? Um auf dem Landweg dorthin zu gelangen, hast du selbst gesagt, werden wir eben »zu Fuß gehen«. Nur zu, erwidert der Mann, so wie die Flüchtlinge aus dem Chaco, die marschieren landauf, landab, und wenn sie schwimmen müssen, schwimmen sie eben, und wenn sie ersaufen müssen, ersaufen sie halt. Die neuen Generationen dieser Chaqueños werden gleich mit Schwimmflossen und Schuppen zur Welt kommen, soll ich Ihnen mal erzählen, wie's mir mit einer aus dem Chaco ergangen ist?

Schon gut, sagt El Peludo, am besten führst du uns mal eine deiner Maschinen vor, vielleicht werden wir uns ja einig. Porteño, du hattest doch mal so eine, mach eine Probefahrt, dann sehen wir weiter.

*****

Kein Problem – bis mein Motorrad im Boden versinkt. Der Mann sagt, mehr Lack, oder weniger Lack, alles hängt von der genauen Berechnung der Fettschicht ab, sonst bekommen Sie Probleme. Auf ihn vertrauen wir nun, aber es dauert mehrere Stunden, bis wir drei Motorräder mit der richtigen Lackschicht auf den Reifen stabilisiert haben. Dann setzt er zu weiteren Erklärungen an: Hier ist hier, das sind unsere Versuchsbecken; aber wenn Sie natürlich durch Gegenden fahren, wo das Wasser eine andere Dichte hat, kälter oder wärmer ist ... Sie wissen ja nun, dass all das seinen Einfluss hat, die Proportionen müssen immer angepasst werden. Aus eigener Erfahrung empfehle ich Ihnen, die Maschine stets mit Ballast zu beschweren, und damit meine ich eine wirkliche Traglast, mit der sich das Gewicht regulieren lässt. Problematisch könnte es nur werden, wenn Sie schon zu viel Ballast abgeworfen haben, dann aber wegen des Wasserzustands doch wieder mehr Gewicht brauchen. Genau dafür aber sind diese Seitenklappen gedacht – hier, sehen Sie? –, die sich mit diesen Schaltern auf dem Armaturenbrett öffnen lassen und durch die binnen Sekunden die nötige Wassermenge in die dafür vorgesehenen Tanks fließt. Kapiert? Kompliziert ist es nicht, Fluten oder Abpumpen, wie bei einem U-Boot.

Und schon sind wir uns einig geworden. Miguel, der noch nie ein Motorrad gesteuert hat, hat seinen Chopper mit verchromtem L-förmigem Doppelauspuff bald bestens im Griff. El Peludo auf dem dreirädrigen Muravey sieht aus wie eine Heuschrecke auf dem Sprung ins Nichts. Und ich auf meiner Cross-Maschine, grün-metallic und über die ganze Karosserie mit silbern und golden glitzernden Einsprengseln verziert, bin damit schon äußerlich eindeutig der Jüngste des Trios. Am Anfang müssen wir selber lachen, so wie wir aussehen; Miguel wirkt wie ein Junge, der ein neues Spielzeug gekriegt hat und nun herumwirbelt vor Aufregung, mit flatternden Nerven – er kann es kaum erwarten, es auszuprobieren. El Peludo und ich gehen konzentrierter an die Sache heran. Kein schlechtes Geschäft gemacht hat jedenfalls der andere: Alle unsere über Jahre gesammelten Masken im Tausch für drei Motorräder, von denen niemand weiß, wie weit wir damit kommen.

Und was ist mit dem Sprit?, fragt El Peludo. Der Mann holt zwischen seinen mit Vorhängeschlössern und Magnetscheiben gefüllten

Containern einige Stangen Zigaretten hervor, die regentauglichen. Nehmt die hier, sagt er, die Maschinen sind jetzt vollgetankt, und wenn die Nadel der Tankuhr in den Reservebereich kommt, schraubt ihr einfach den Tankdeckel auf und werft ein paar Zigaretten hinein, bei laufendem Motor. Die Nadel springt dann gleich wieder nach rechts. Benzin ist Mangelware, sagt er, aber das wasserresistente Pulver funktioniert auch als Treibstoff. Ehrlich, diese Motoren sind für alle Eventualitäten gerüstet, und mit dem Pulver haben wir die besten Erfahrungen gemacht.

*****

Wir kommen gut voran. Das Tempo auf dem Wasser ist nicht nur schwindelerregend, sondern schärft auch alle in uns schlummernden Begierden. Zuweilen ist mir, als gleite ich durch einen Traum oder durch einen jener vermessenen Pläne, die ich jeweils mit Lukra ausheckte, wenn wir in ein Emotionsband gingen. Das Herz schlägt nicht, es wird geschlagen, und dieses Pochen lässt einen binnen Sekunden sein ganzes Leben neu und anders sehen, und jede dieser Sekunden birst in die nächste und wieder nächste, bis sich die Zeit zu einem einzigen Moment rafft, wie die Gedanken, die man sich bei einer Totenwache über den Tod macht, oder wie das Licht in einem Spiegelkabinett. Denn seit es möglich ist, so lang zu leben, und seit die Geburtenrate nicht mehr eine schiere fiskalische Dringlichkeit ist, wurde auch der Tod in unserem Bewusstsein zu nicht viel mehr als einer Art Schlagloch im Bewusstsein, als Konzept so *démodé* wie die Vorstellung einer göttlichen Strafe oder eines glücklichen Geschicks, wie sie noch in meiner Kindheit herumgeisterte. So hat zum Beispiel, als Lukras Schwester starb, niemand geweint, sondern wir schickten ihr noch monatelang, genau wie vorher, Nachrichten und Fotos. Ich frage mich manchmal, ob diese ewige Jugend und die Aussicht, es brauche, solange es weiterregne und nicht alles wieder wie früher werde, niemand mehr zu sterben, es sei denn durch Gewalt – ob diese Verheißung sich nicht allmählich in etwas Ähnliches verwandelt, wie es für Leute wie meinen Papa die Erwartung einer Zukunft war, in der alle Menschen gleich wären.

Woran denkst du, Porteño?, fragt Miguel. An Papa, sage ich. Aha, sagt er. Gleich danach haben wir einigen Wellen auszuweichen, die sich vermutlich durch irgendeine unterirdische Entladung gebildet haben. Und als wir es uns auf unseren Motorrädern wieder bequem gemacht haben, fragt er mich, ob alles o. k. sei, ob ich mich gut fühle, und ich rufe hinüber, ja, alles o. k.

*****

In der Nähe von Córdoba wird die Verlockung zu groß und ich fange an, Fotos aus diesem Paradies zu versenden. Lukra fragt zurück, wo ich sei, doch ich antworte ihr nur mit weiteren Bildern: Ich auf einem Birnbaum, der fabelhaft große, reife Früchte trägt. Dann Miguel und El Peludo, von fliegenden Nymphen umflattert. Oder wir drei, wir wir durch eine Kaskade aus farbig flirrenden Dragees fallen. Die ungeheuerliche Landschaft mit den knapp über dem Boden vorbeistreichenden Vitrinen, in denen Gratisdrinks und Hochsicherheitsbänder angeboten werden. Miguel, einen Löwen reitend. El Peludo auf einem flauschigen Grasteppich voller Halme und Liebespaare. Ich als Mund-zu-Mund-Message, über Wellen versandt, bis ich in eine Quelle aromatischer Öle falle. Die Illusion hält freilich nicht lange an. Miguel rüttelt mich wach: Genug jetzt, du landest mir sonst noch in einem Carancho-Nest, wir dürfen den Faden nicht verlieren, sonst nimmt es mit uns ein schlimmeres Ende als mit einer Scheibe Sülze.

Wir lassen die Motorräder in einer Senke stehen. Ein Bombentrichter, sagt El Peludo. Die letzten Angriffe, sagt Miguel. Ich begreife nicht gleich, was sie meinen, aber dann lese ich die Warnschilder, »Vermintes Gelände«, »Antipersonenminen«, und erinnere mich an die Geschichten Lukras und ihrer Anthropologengruppe, und was sie über Monte-Riggi und den anderen Riggi erzählten, früher Richter und Mörder, heute bildender Künstler; arbeitet vorzugsweise mit Körperteilen von zu Selbstverstümmelung neigenden Männern und Frauen, die ihr Fleisch in die Werke des Künstlers eingehen lassen wollen; internationale Anerkennung, aber auch wegen Kannibalismus angeklagt. »Kunst kann man nicht essen«, hat Riggi in einem Interview gesagt, und: »Menschenfleisch ist das edelste uns bekannte Material.« Seine Anwälte argumentieren mit bemerkenswertem Zynismus: »Er tut nichts Böses. Jemand vermint die Umgebung seines Hauses, und tritt diesem ein Neugieriger zu nahe und wird in die Luft gesprengt, so sammelt er bloß die Fleischbrocken ein, um daraus ein Kunstwerk zu machen. Eine Ästhetik des Schmerzes. Sie müssten diesem armen Menschen einmal zusehen können, wie er sich in diesen für ihn so qualvollen Momenten innerlich zu sammeln versucht, um der entsetzlichen Materie eine neue Form abzugewinnen.«

Davon hatte ich noch nie gehört: In Córdoba ist die ganze Kanalisation verglast. Nicht nur die Rohre, sondern auch das zusätzlich oberirdisch, erhöht angelegte Netz, das nicht als Auffangbecken dient, sondern in dem das Wasser bloß zirkuliert. Ich frage El Peludo. Das versickernde Wasser, sagt er, wird in unterirdische Reservoirs geleitet und von dort in die Rohre und das gesamte Netz gepumpt. Das Ganze hat den Zweck, Überschwemmungen zu verhindern, verstehst du? Jeder Tropfen, der hier fällt, wird wiederverwertet. Córdoba ist eine im wahrsten Sinn des Wortes trockengelegte Stadt.

Der Regen aber fällt weiter, dagegen ist nichts auszurichten; auch jetzt gießt es in Strömen und wir suchen notgedrungen unter einer Kuppel Zuflucht.

*****

Die Leute liegen nackt in der Sonne und trinken alles Mögliche. Wir müssen herausfinden, wo genau das Bataillon 141 war und ob es dort heute anstelle der Garnison etwas anderes gibt, um dann die nötigen Kontakte zu knüpfen, mit deren Hilfe wir die Einnahme des Geländes planen können. Miguel macht sich an eine große und bis auf die kräftigen, fast bulligen Arme schlanke Frau heran. Er spricht nur kurz mit ihr, um sich dann einer anderen zuzuwenden, dann einer dritten, bis ihn schließlich eine vierte bei der Hand nimmt, um ihn dorthin zurückzuführen, wo immer noch die erste steht. Miguel, aus dem Konzept gebracht, kommt ratlos zurück. Dann versucht er es bei einer anderen, wird aber erneut an die nächste und übernächste verwiesen, um wieder bei der ersten zu landen. Wir sind schon im Begriff aufzubrechen, als sich die großgewachsene Frau nähert und sagt: Sie wirken irgendwie bekümmert, kommen Sie mit.

Draußen fällt der Regen gehässiger denn je, in länglichen, stechenden Tropfen. Wir gehen eine Treppe hinauf. Passen Sie auf, dass Sie nicht ausrutschen, bemerkt die Frau und weist auf die von Schimmelpilzen überwachsenen Stufen. Der Aufstieg dauert mehrere Minuten, ehe wir einen Festsaal betreten, in dem trotz der schrillen, gleichsam kegelförmigen Musik niemand sich bewegt. Alle rauchen und weiden sich am Schauspiel des Zigarettenqualms, der sich mit den aus einer Spieluhr aufsteigenden Figuren vermischt. Wir gehen weiter und kommen an einem kleinen, mit Kisten vollgestellten Raum vorbei. Die Frau spricht einige Worte, einen Code offenbar, denn sogleich entsteigen den Kisten mehrere mit Peitschen oder Geißeln bewaffnete Frauen. Miguel lächelt, ebenso El Peludo. Ich will meine Schultern recken, da auf einmal fällt die großgewachsene Frau über mich her. Ich kann mich aus ihrer Umklammerung nicht lösen, denke dabei aber bloß, welche Bedeutung das Wort »Bataillon« für sie haben mag.

*****

Sie füttern und missbrauchen uns. Die Peitschenhiebe sind zunächst schmerzhaft, später nicht mehr. Mit einer Peitsche lassen sich eine Menge Dinge anstellen. Ich weiß nicht, wie lange wir dort festgehalten wurden. Eine ganze Weile. Lukra ruft mehrmals an, ohne dass ich antworte. Einmal jedoch beginnt mich eine zartgliedrige, von Federbäuschen und Perlenketten umhüllte Sirene zu liebkosen, und als sie merkt, dass mich jemand anruft, übernimmt sie die Verbindung: Nein, mein Schatz, dein Liebster ist gerade nicht erreichbar, sagt sie, und ihr engelhaftes Gesäusel geht in Lukras Schreien und Schluchzen beinahe unter.

Wir liegen schon hingesunken in einer Ecke des Zimmers, als die Großgewachsene die Tür aufreißt und einen in einen Umhang gehüllten Mann eintreten lässt. Zunächst schleicht er nur herum, ohne sein Gesicht zu zeigen. Dann erklingt ein Wiegenleid, und der Mann gibt sich zu erkennen: geflochtener Bart, blaue Flecken um die Wangen, Hass in spitzen Zähnen seines Säbelzahntigergebisses. Miguel versucht sich zu erheben. Tuco!, ruft er aus. El Peludo sieht sich röchelnd nach einem Gegenstand um, mit dem er sich verteidigen könnte. Und ich, erschöpft und wehrlos wie sie, dämmere einfach weg.

*****

Das Gurtzeug drückt ein wenig in den Achselhöhlen – von dem Androiden, der ihn uns umgelegt und justiert hat, war nichts Besseres zu erwarten –, aber die Worte, die Tuco an Miguel richtet, klingen süß, liebenswürdig, wie eine wohlgeglückte Feuersbrunst oder ein Algenballett. Das Band, erklärt er uns, sei eine sichere Sache; erst einmal drin, stehe es uns frei, zu gehen, wohin wir auch wollten, und es liege allein an uns, ob und wann wir zurückkehren möchten; wer sich für die Rückkehr entscheide, müsse allerdings bedenken, dass er – im Schlaf oder ohnmächtig – von den Frauen in einen Außenbezirk der Stadt gebracht werde und sie nie wieder betreten könne.

Wir haben keine andere Wahl und sind einverstanden.

Der Sturz, wie in Zeitlupe, gleicht der Bewegung durch eine Wüste: man fällt und fällt, ohne dass sich etwas ändert. Doch nicht in einer Wüste landen wir, sondern auf einem Feld, auf dem roter Mais wächst. Große, glänzende Kolben mit rubinroten Körnern, die Schoten in der Farbe roter Beeten. Wieder auf den Beinen, machen wir uns auf den Weg durch das Maisfeld. Viel weiter als bis zu unseren Nasenspitzen sehen wir nicht, aber wir kommen voran. Nach einiger Zeit steige ich, auf den Vorschlag des Peludo, auf dessen Schultern, um von dort oben zu erkennen, wohin wir uns am besten wenden. Doch so weit mein Auge reicht, und in welche Richtung ich auch blicke: nichts als rote Maiskolben. Als ich nach mehrstündiger Wanderung erneut Ausschau halte, sind sie noch immer da, bis an den Horizont und so rot wie zuvor.

Solange wir auf diese Art versuchen, irgendwohin zu gelangen, ernähren wir uns von den Maiskolben, die glücklicherweise auch roh genießbar sind; und da es immer wieder regnet, können wir etwas Wasser auffangen, um unseren Durst zu stillen. Nach ein oder zwei Wochen sind wir aber doch sichtlich abgemagert, und Miguel wird, so scheint es, von Halluzinationen heimgesucht. El Peludo pflanzt sich vor ihm auf und sagt, das war alles deine Schuld. Miguel sagt, stimmt nicht, schuld sind diese Körner, und er deutet auf ein einzelnes Maiskorn, in dem er, so sagt er, mit absoluter Klarheit alles sehen könne, was er in den nächsten Jahren gern tun würde. Da haben wir's, erklärt El Peludo, dieser Trottel hat schon immer davon geträumt, die Zukunft in einem Körnchen zu sehen. Ich träume nicht, ich sehe es, du Depp, schaut doch selbst! Und tatsächlich: In einem der Körner des Kolbens, auf den Miguel zeigt, sind alle möglichen Dinge zu sehen, man kann sie gar nicht aufzählen, und so schlecht nimmt sich die Zukunft darin gar nicht aus. Wie aber soll man sich nun wieder erklären, dass er zwischen all den Maisstauden genau die eine gefunden hat, die diesen Maiskolben trägt, und dieses eine Korn?

Wir könnten ohne weiteres hierbleiben und weiter in die Zukunft schauen. Wollen wir nicht weiter?, frage ich. Geh schon, wir haben dich bald eingeholt, sagt Miguel. Ich gehe auch, sagt El Peludo. Also lassen wir Miguel mit seinem Körnchen allein zurück. Damit er uns folgen kann, halten wir uns an die immergleiche Furche. Doch die Tage vergehen – es gibt nichts Schlimmeres –; bis wir eines Abends, gerade als wir Rast machen wollen, eine unter einer Maisstaude kauernde Gestalt entdecken. Schon von weitem erahnt man die zu Krallen gewachsenen Fingernägel und die strähnigen, ergrauten Haare. Wir rufen dem Fremdling etwas zu, doch er antwortet nicht. El Peludo wird ganz aufgeregt; während wir dem Mann näherkommen, springt sein Blick von ihm zu mir und wieder zu ihm. Er klopft mir auf die Schulter, beginnt zu weinen und presst die Zähne zusammen, um die in seiner Kehle zuckende Rührung zurückzuhalten. Doch als wir endlich dort sind, wird unsere Hoffnung, endlich jemanden gefunden zu haben, der uns weiterhelfen könnte, grausam enttäuscht: die Gestalt, die da kauert, ist Miguel.

*****

Kreise, sagt Miguel, und zeigt uns in dem Maiskorn eine Karte der Plantage. Genau: Die Furchen sind kreisförmig. Wütend fragt ihn El Peludo, warum er uns das nicht schon längst gesagt habe. Ich bin selbst eben erst darauf gekommen, du Teppichfluse, sagt Miguel. Ich versuche, die aufgebrachten Gemüter zu beruhigen. Und noch etwas habe ich gesehen, sagt Miguel, und zeigt uns einen Ausschnitt des Korns, auf dem Bilder vom Überfall auf das Bataillon 141 zu erkennen sind. Papa, der 1973 Rekrut war, kehrt nach dem Sonntagsurlaub in den frühen Morgenstunden in die Garnison zurück; er sagt das Passwort, es wird ihm geöffnet. Gleich darauf stürzen sich mehrere junge Leute, die sich hinter ihm verborgen hatten, auf die Wachmannschaft. Sie schlagen sie nieder und fesseln sie. Dann dringen sie in eine der Baracken vor, nehmen mehrere Geiseln und laden alle möglichen Waffen – in der Dunkelheit sieht man das alles nicht so genau – auf einen Unimog, mit dem sie das Weite suchen und den sie später außerhalb der Stadt stehenlassen. Es gibt keine Toten, kein Blut ist geflossen. Später wird es sie sehr wohl geben, die Toten, und Blut wird fließen. Papas Tage sind gezählt.

Die Szene geht weiter, wenn auch viel später, und ihre Darsteller sind wir selbst: Von einem Augenblick zum anderen finden wir uns im Innern des Maiskorns wieder und stehen vor der Garnison. Miguel, der Älteste, wird einfach durchgewinkt, aus Mitleid. Die Wachposten scheinen nicht den leisesten Verdacht zu hegen, dass er zwischen seinen Kleidern die Waffen versteckt hält, mit denen wir sie gleich außer Gefecht setzen werden: die Reflexe schlanker Eidechsen, Finger mit Klauen und Saugnäpfen. Dann öffnet uns Miguel, und da sind wir nun, das Bataillon ist unser. Nun aber müssen wir etwas unternehmen, warum hätten wir es sonst überfallen sollen? Noch stehen wir unschlüssig herum, als uns jemand aus der ersten Baracke ruft. Die Stimme kommt mir bekannt vor und dann doch wieder nicht, als funke irgendeine Störung dazwischen, es könnte die Miguels als junger Mann sein, oder meine eigene. Oder Papas. Hinter einer Schiebetür erscheint ein Gesicht, beugt sich ein Körper vor, und ja, das muss Papa sein. Aber schon ist er wieder verschwunden, weil jetzt, noch vor ihm, andere Mitglieder der Gruppe aus dem Schuppen ins Freie treten. Einer von ihnen, anscheinend ihr Anführer, spricht: Wir, die

»Entschlossenen von Córdoba«, haben dieses Gelände soeben eingenommen. Miguel, etwas verdutzt, will gerade klarstellen, dass auch wir die Garnison gerade erobert hätten, als sich Papa in die Führerkabine eines Unimog schwingt und ruft: Fertig, wir fahren! Die anderen klettern auf die Ladefläche, lassen sich zwischen den erbeuteten Waffen nieder, und da noch etwas Platz frei ist, rufen sie uns zu: Kommt ihr mit?

*****

Weitläufige Straßen in der Nacht von Córdoba, Boulevards, gesäumt von harten, spitzen Dornen, die Papa im Vorbeifahren mit seinen Händen streift, als wären sie Wasser. Die sind ganz weich, sagt er, man kommt hier leicht weiter, und plötzlich verwandeln sich die erbeuteten Waffen in Freiheitsgesänge, und Papa umarmt mich, Miguel umarmt mich, El Peludo umarmt uns alle zusammen, und zu viert sehen wir aus wie ein von Vogelgezwitscher untermaltes Happy End.

Dann aber sagt Papa, dass wir als Nächstes den Lastwagen zurücklassen und die Waffen auf die Autos umladen müssen, mit denen uns die restlichen Mitglieder der Gruppe erwarten. Tollkühne Fahrer sind das, sagt er, du traust deinen Augen nicht, wenn du sie ein Auto steuern siehst. Miguel lächelt, traust deinen Augen nicht, wiederholt er, aber da Sie und wir nun einmal hier zusammen sind, Kollege, glauben wir ab sofort an fliegende Kühe. Allgemeines Gelächter. Und als Miguel noch ein paar solcher Scherze folgen lässt, nehmen Froh- und Übermut, Umarmungen und die fabelhaften Ideen, was uns noch alles beschieden sein wird, kein Ende.

Unterwegs zu dem vereinbarten Treffpunkt fällt auch mir vieles ein, das ich Papa hätte sagen mögen, aber ich sage nichts. Er steuert den Laster wie durch eine aufgewühlte See. Das Lenkrad ist wie ein Ruder, und er bewegt seine Arme, entspannt und kraftvoll zugleich, wie unter Wasser, der Blick leer und dennoch funkelnd – vielleicht weil er mich wiedergefunden hat, oder bloß wegen irgendeines technischen Defekts im Band. Alles scheinen diese kräftigen Schultern aushalten zu können, aber momentweise fürchtet man wieder, jede Angelschnur, jeder Bindfaden vermöchte sie zu durchschneiden. Als wir eintreffen: Feuer und Pulverdampf, brennende Autos und, an eine lange Reihe Lichtmasten gefesselt, die Leichen bereits erschossener Männer. Wir bringen unsere Waffen in Anschlag und springen aus dem Fahrzeug. Ducken uns, robben auf dem durchnässten Boden vorwärts und schießen auf die hinter einem Erdwall verschanzten Männer, in deren jedem wir einen Tuco sehen. Feuerschein der Geschosse, Ausrottungsgelüste. Aber unsere Kugeln verirren sich, die Waffen schmelzen uns, wie unsere Träume, unter den Händen weg. Unser Husarenstück wird von Tuco und den Seinen mit aufrichtigem Beifall bedacht, und als der Applaus verebbt, ergreift Tuco selbst das Wort: Ausgezeichnet! Ihr habt nun die Wahl, diese Geschichte entweder fortzusetzen oder auszusteigen; aus den Gurten kann nur ich euch heraushelfen. Wir machen weiter, wir machen weiter, sagt Miguel; und dich, Tuco, werde ich zu Feigenbrei verarbeiten. Während Miguel vergeblich – denn seine Worte bleiben, wer weiß weshalb, in seiner Kehle stecken – weitere Schmähungen auszustoßen versucht, ergreift Papa meinen Arm und beginnt zu rennen. Ich möchte ihm so gern folgen, aber ich bleibe im Schlamm stecken. Neben mir starrt El Peludo fassungslos auf seine eigenen, gleichfalls wie festgewachsenen Füße; weder er noch ich begreifen, liegt es an unserer mangelnden Entschlossenheit, ist es noch eine Tücke Tucos oder bloß eine weitere Eigenheit dieses Bandes? In meiner hilflosen Lage verrenke ich mich, um Miguel zu stützen, der aber anders als wir gar nicht im Boden versinkt, sondern einige hastige Schritte vorwärts macht, nur um sogleich im Netz hängenzubleiben, das einer von Tucos Männern über Papa und die weiteren »Entschlossenen«

ausgeworfen hat. Aus dieser Entfernung könnte man Papa, in dem Netz gefangen, für ein krankes Tier halten, eine leibgewordene Entzündung, eine vom Wind geschüttelte Baumkrone.

Nun kommt mit ausgebreiteten Armen, zum Zeichen seiner Freundschaft, Tuco auf uns zu. Noch während er abwartet, wie unsere Reaktion ausfällt – El Peludo und ich können uns nicht vom Fleck rühren –, schießen hinter ihm mit unglaublicher Geschwindigkeit flatterhafte Pflanzen auf, mit nach eingelegtem Schmorfleisch riechenden Maisstauden, Meeresfrüchte fallen vom Himmel und es regnet süße, natrium- und kaliumreiche Säfte. El Peludo zittert, steckt sich eine Zigarette an, nur um sie sogleich in seiner eigenen Handfläche auszudrücken. Es tut nichts mehr weh. Dann rauchen wir eine Weile schweigend weiter, bis ich sage, gehen wir heim.

*****

Am Stadtrand, ohne Motorräder, gibt es kein Fortkommen außer zu Fuß, oder wir schwimmen. El Peludo sagt, einer aus dem Chaco könnte uns jetzt vielleicht weiterhelfen. Schon möglich, sage ich, es sei denn, wir verwandeln uns selbst in Chaqueños. Tuco und seine Frauen haben uns, bevor sie sich zurückzogen, mit schwarzen Rosenblättern verabschiedet. Jetzt sind wir endgültig geliefert, meinte El Peludo. Das sagt auch Lukra: schwarze Rosen, aus und vorbei.

Ich rufe sie an. Hoffentlich haben meine Bilder sie nicht auf Ideen gebracht. Doch kaum haben wir eine gute Verbindung, schickt sie mir Liebeslieder, die ihr irgendein Typ ins Ohr gesummt hat. Ich komme ja schon, schreie ich, tu mir das nicht an. Und während ein Schlager dem anderen folgt – von einer schmalzigen, sogar mehreren schmalzigen Stimmen vorgetragen –, sagt sie, ja, komm zurück, bitte, komm zurück. Dann knistert es wieder, die Verbindung bricht ab und El Peludo, der sich einige Schritte entfernt hat, ruft mich, um mir zu sagen: Porteño, wir haben ein Boot. Die Dame auf dem Stein dort möchte in den Norden reisen, wo sie zu Hause ist. Bloß dass sie es allein nicht schafft und sich gern von uns heimrudern ließe. Einmal dort, könne sie uns ohne weiteres ein Floß überlassen; denn Flöße, sagt sie, gibt es bei ihr im Überfluss.

- deprimierendes Klima: feucht regnerisch
- Kinderverbot ? Reiseverbot, Atemmasken
- was sind diese „Bänder?" → Türmauern vergangener schöner Zeiten? ⇒ nein! (S. 119)
- Diese Schönheit muss w/ der viele technische Spielereien/ Gedanken von einem Mann geschrieben sein.
- Warum die Erinnerung in die St. einbauen?

⇒ nicht verstanden

GLOSSAR

S. 26, **Malvinas**, der argentinische Name für die immer noch unter britischer Kolonialverwaltung stehenden Falklandinseln im Südatlantik, 600 km vor der Küste Patagoniens; seit Beginn des 19. Jh. werden sie von Argentinien als nationales Territorium beansprucht. Im April 1982 besetzte die argentinische Armee die Inseln und löste damit den Falklandkrieg mit Großbritannien aus. Argentiniens Niederlage hatte den Sturz der Militärregierung und die Rückkehr des Landes zur Demokratie zur Folge.

S. 27, **ERP**: *Ejército Revolucionario del Pueblo*, militärische Guerillaeinheit des argentinischen *Partido Revolucionario de los Trabajadores*, PRT, einer maostischen Gruppierung; zwischen seiner Gründung und der Zerschlagung durch die argentinische Militärdiktatur, 1976, führte die Gruppe eine Guerillakampagne auf der Grundlage von Che Guevaras Theorien zum Guerillakrieg.

S. 45, **calavera**; deutsch: Totenkopf

S. 47, **Umbanda**: Synkretistische, unter anderem vom *Candomblé* abgeleitete esoterische Religion aus Brasilien. Ihren Ursprung hat sie bei den Bantu in Angola.

S. 48, **Pai**: Umbanda-Priester. Der *Pai de Santo* ist der oberste Priester in der Umbanda-Hierarchie.

S. 63, **Dulce de leche**; Creme aus gekochter Milch, Zucker und Vanille. In ganz Lateinamerika in unterschiedlicher Zusammensetzung verbreitet. Wird gern als Brotaufstrich verwendet.

S. 63, **Churros**; in Form länglicher, gekräuselter Schlangen gespritztes Schmalzgebäck

S. 64, **Campo de Mayo**: Großes Wald- und Parkareal in Buenos Aires, beim Vorort San Torcuato. Hier unterhielt die argentinische Luftwaffe während der Diktatur von 1976 bis 1983 eines ihrer Folterzentren; von hier aus wurden viele Gefangene ausgeflogen und über der La-Plata-Mündung ins Meer geworfen.

S. 79, **Plaza de Mayo**, Platz vor der Casa Rosada, der Residenz des argentinischen Präsidenten im Zentrum von Buenos Aires. Hier finden viele wichtige politische Demonstrationen ihren Abschluss.

S. 83, **Merlo**, in der Provinz San Luis.

S. 84, **Palermo**: Stadtteil von Buenos Aires; dort befindet sich seit 1876 das Hipódromo de Palermo, die Pferderennbahn von Buenos Aires. Bis heute ein Treffpunkt der feinen Gesellschaft.

S. 84, **Club Hípico Argentino**: Im Stadtteil Belgrano gelegener argentinischer Reiterverein. In einem pferdeverrückten Land wie Argentinien von einiger gesellschaftlicher Bedeutung.

S. 85, **Juan Carlos Onganía** (1914–1995), General und von 1966 an mit diktatorischen Vollmachten regierender Präsident. Musste wegen seiner gescheiterten Wirtschaftspolitik 1970 zurücktreten.

S. 93, **Peronisten**; seit der ersten, von 1946 bis 1955 amtierenden Regierung des ehemaligen Armeegenerals Juan Domingo Perón (1895–1974) die im Partido Justicialista organisierte prägende politische Richtung in Argentinien. Der Peronismus, ursprünglich eine populistisch-sozialreformerische und nationalistische Bewegung mit kräftigen Anleihen beim europäischen Faschismus, hat sich im Laufe der Jahrzehnte in verschiedene Richtungen aufgespalten, die vom extrem rechten bis zum extrem linken politischen Spektrum reichen.

S. 93, **Dreiundsiebzig**; 1973 wurde der aus dem spanischen Exil zurückgekehrte Perón zum zweiten Mal zum argentinischen Präsidenten gewählt. Die zusehends gewaltsameren politischen Auseinandersetzungen zwischen den politischen Lagern in Argentinien waren zu diesem Zeitpunkt an eine kritische Schwelle gekommen. Perón starb 1974, seine dritte Frau Isabel übernahm die Präsidentschaft und wurde 1976 von den Militärs gestürzt.

S. 100, **Punta del Este**: Badeort in Uruguay.

S. 105, **HIJOS**: *Hijos por la Identidad y la Justicia contra el Olvido y el Silencio.* 1994 gegründeter Verband, in dem sich die Kinder der während der Militärdiktatur 1976–1983 »Verschwundenen« organisiert haben; darunter sind zahlreiche Nachkommen von Ermordeten, die bis heute ihre Identität nicht kennen, weil sie während der Diktatur von den Militärs zur Adoption freigegeben wurden.

S. 105, **Costanera/Reserva Ecológica**: Auf dem Gebiet des ehemaligen Hafengeländes von Buenos Aires neu aufgeforstetes und begrüntes Naherholungsgebiet am Río de la Plata.

S. 108, **Puerto Madero**: Neubaugebiet in den ehemaligen Hafenanlagen von Buenos Aires; heute eine der teuersten Wohngegenden von Buenos Aires und Synonym für Bauspekulation.

S. 110, **Porteño**: Einwohner von Buenos Aires

S. 111, **Peludo**: stark behaarter Mensch

Félix Bruzzone

In der Nähe von Félix Bruzzones Wohnort in einer Vorstadt von Buenos Aires erstreckt sich ein Gebiet, in dem sich Parks, offene Landschaft und Straßen abwechseln. An einer Seite liegt auch ein Rollfeld mit einigen Gebäuden. Es gibt dort Gedenktafeln. Andernfalls würde der nicht eingeweihte Betrachter kaum ahnen, was sich hier vor dreißig Jahren abgespielt hat, in den Jahren der argentinischen Militärdiktatur von 1976 bis 1983. Während dieser Zeit unterhielt die argentinische Luftwaffe hier, auf dem Campo de Mayo, insgesamt vier Zentren, in denen Verhaftete gefoltert, unter Drogen gesetzt, danach ausgeflogen und über dem Atlantik ins Meer geworfen wurden. Auch die Mutter von Félix Bruzzone, die hier zuletzt gesehen wurde, gehört zu jenen, denen ein solcher Tod bereitet wurde, keine drei Monate nach der Geburt ihres Sohnes. Der Vater war schon drei Monate zuvor verhaftet worden und ebenso spurlos verschwunden.

Das Schicksal, auf diese Art seiner Eltern beraubt worden zu sein, teilt der 1976 geborene Félix Bruzzone mit tausenden von Argentiniern, deren Mütter und Väter auf dem Campo de Mayo oder hinter der feierlich neoklassizistischen Fassade der ESMA, der Escuela de Mecánica de la Armada, verschwanden. Viele unter ihnen, von den Mördern zur Adoption in andere Familien gegeben, versuchen bis heute, oftmals vergeblich, herauszufinden, wer ihre Eltern waren und welches ihr Schicksal war. Die Mütter von der Plaza de Mayo, die sich unter Einsatz ihres Lebens bereits 1977 auf dem Platz vor dem

Präsidentenpalast in Buenos Aires versammelten, waren die Ersten und lange Zeit die Einzigen, die mit dem Mut der Verzweiflung auf das Schicksal der *Desaparecidos*, der Verschwundenen, hinwiesen beziehungsweise als Erste überhaupt Aufklärung über ihr schreckliches Schicksal verlangten. Der Mut, mit dem diese Frauen das Regime der Generäle Videla, Viola, Bignone, Galtieri etc., der Mörder ihrer Kinder, herauszufordern wagten, ist gar nicht hoch genug zu schätzen. Die Nachkommen der Verschwundenen wehren sich bis heute in zahlreichen Organisationen dagegen, dass das Schicksal ihrer Eltern in Vergessenheit gerät.

Félix Bruzzone lebt heute in Buenos Aires, wo er zusammen mit Hernán Vanoli den Verlag Editorial Tamarisco führt. 2009 erschien sein erster Roman *Los Topos*.

76

sehr nüchtern erzählt → mindert das Lesevergnügen, aber angemessen. läßt einen nachdenklich werden

Die Originalausgabe erschien 2007 bei Editorial Tamarisco in Buenos Aires.

Die Übersetzung wurde gefördert im Rahmen des SUR-Programms des Ministeriums für Äußeres, Außenhandel und Kultur der Republik Argentinien. Der Verlag dankt für die großzügige Hilfe.

Konzeption | Gestaltung: Groothuis, Lohfert, Consorten | glcons.de
Satz | Herstellung: Büro für Gedrucktes, Beate Mössner
Gesetzt aus der Res Publica und der Trade Gothic
Fotos: Einbandvorderseite und Frontispiz von ullsteinbild, Einbandrückseite von Sol Marín
Reproduktion: Frische Grafik, Hamburg
Druck und Bindung: CPI – Clausen & Bosse, Leck
Printed in Germany
ISBN 978-3-937834-39-9